O homem que
queria ser amado...
e o gato que
se apaixonou por ele

THOMAS LEONCINI

O homem que queria ser amado... e o gato que se apaixonou por ele

Tradução
Flavia Baggio

Copyright © Thomas Leoncini, 2022
Copyright © Editora Planeta do Brasil, 2024
Copyright da tradução © Flavia Baggio, 2024
Todos os direitos reservados.
Título original: *L'uomo che voleva essere amato e il gatto che si innamorò di lui*

PREPARAÇÃO: Laura Vecchioli
REVISÃO: Elisa Martins e Barbara Parente
PROJETO GRÁFICO E DIAGRAMAÇÃO: Nine Editorial
DIREÇÃO DE ARTE: Francesco Marangon
CAPA ORIGINAL: Claudia Puglisi
ADAPTAÇÃO DE CAPA: Renata Spolidoro
IMAGEM DE CAPA: Shutterstock

DADOS INTERNACIONAIS DE CATALOGAÇÃO NA PUBLICAÇÃO (CIP)
ANGÉLICA ILACQUA CRB-8/7057

Leoncini, Thomas
 O homem que queria ser amado... e o gato que se apaixonou por ele / Thomas Leoncini ; tradução de Flavia Baggio. - São Paulo : Planeta do Brasil, 2024.
 208 p.

ISBN 978-85-422-2606-5
Título original: L'uomo che voleva essere amato e il gatto che si innamorò di lui

1. Ficção italiana I. Título II. Baggio, Flavia

24-0141   CDD 853

Índice para catálogo sistemático:
1. Ficção italiana

Ao escolher este livro, você está apoiando o manejo responsável das florestas do mundo

2024
Todos os direitos desta edição reservados à
Editora Planeta do Brasil Ltda.
Rua Bela Cintra, 986, 4º andar - Consolação
São Paulo - SP - 01415-002
www.planetadelivros.com.br
faleconosco@editoraplaneta.com.br

Para Stella,
em qualquer dia e com qualquer idade, se você quiser,
este livro vai falar com você.

"Naquela noite, todos os gatos que haviam participado da caça aos ratos se reuniram na casa do espadachim e ofereceram o lugar de honra ao Gato Velho. Eles se curvaram profundamente e então imploraram: 'Por favor, transmita-nos os segredos da sua arte'.

"O Gato Velho respondeu: 'É fácil ensinar e é fácil ouvir, o que é realmente difícil é perceber aquilo que está dentro e torná-lo seu'."

As maravilhosas técnicas do Gato Velho, século XVII.

"A compaixão pelos animais está tão intimamente ligada à bondade de caráter que nos permite afirmar com segurança que um homem que é cruel com os animais não pode ser um bom homem."

ARTHUR SCHOPENHAUER,
Sobre o fundamento da moral, 1840.

"Sua visão se torna clara somente quando você olha para dentro do seu coração. Quem olha para fora sonha. Quem olha para dentro desperta."

CARL GUSTAV JUNG,
Carta para Fanny Bowditch, 22 de outubro de 1916, in *Cartas – 1906-1961*.

I

Era um dia diferente de todos os outros, percebi isso assim que toquei a chave do carro. A neblina me acariciava e me dava a sensação de que estava me observando, etérea, enquanto minúsculas gotas umedeciam meu paletó. Não havia uma razão precisa para que aquele dia me parecesse diferente, era apenas uma sensação, daquelas que, quanto mais pensamos a respeito, mais tentamos racionalizar e mais distantes ficamos da lógica.

Eu me lembrava apenas de ter sonhado de maneira mais "profunda" que de costume, tão imerso na atmosfera onírica que senti que não precisava mais acordar. Era como se a vida pudesse renunciar àquelas relações externas que, até ontem, me pareciam indispensáveis inclusive para decidir qual paletó ou terno usar para parecer mais confiante na hora de fechar um negócio ou para aumentar minhas chances de seduzir alguém.

Naquele dia, eu queria a todo custo concluir a venda que me havia tirado o sono por tantos meses e que finalmente poderia fechar. Se conseguisse, com certeza eu ficaria; com aquele dinheiro a mais, minha vida tomaria um rumo diferente, a estrada do futuro se tornaria mais nítida, mais fácil, mais relaxante.

E isso sobretudo porque poderia finalmente comprar aquela cobertura no centro que me fazia perder a cabeça, com vista para a cidade: poderia observar as pessoas caminhando como pequenas formigas disciplinadas, apressando-se pelas ruas do centro para disputar pequenos espaços no shopping; eu poderia olhar o horizonte com a atitude irreverente de um rei, alguém que vê do alto aquilo que os outros, orgulhosos de seu poder de consumo, podem ver somente de baixo. E poderia receber pessoas no terraço, organizar jantares com velhos amigos e com aqueles que viria a conhecer frequentando lugares cada vez mais caros, mais luxuosos e mais exclusivos.

Eu tinha certeza: tudo teria sido mais simples e mais sereno.

Sempre achei que minha vingança contra a vida viria do dinheiro, do sucesso e do poder, tudo aquilo que na infância e na adolescência conheci apenas como falta. Aprendi muito cedo que a ausência é uma presença muito forte: se você sabe que algo poderia existir em sua vida, se sabe que os outros têm mais chances de serem felizes, então, de alguma forma, você acaba materializando uma ausência na sua cabeça. Assim que percebe isso, começa involuntariamente a *vivenciar* essa ausência, e nesse cenário há dois caminhos: conformar-se com sua situação e aceitá-la, ou partir para a briga e começar a lutar para ser alguém.

Lembro-me do momento exato em que escolhi o segundo caminho. Eu tinha doze anos, minha mãe chorava por ter sido demitida de mais uma loja em crise, mais uma que teve que reduzir o quadro de funcionários. Não foi uma novidade para mim ver minha mãe chorar nem saber que ela ficaria desempregada. A novidade foi a sensação que experimentei: por algum motivo estranho, daquela vez entendi que estava sozinho. Não sei se era porque minhas esperanças de entrar em um colégio particular se esvaíam ou porque estava me tornando um homem, mas, a partir daquele momento, algo mudou.

Eu não era mais filho, filho de um pai que nunca conheci e de uma mãe presente e atenciosa, mas frágil e insegura demais para não ser dilacerada por uma sociedade faminta por dinheiro.

A partir daquele momento, eu era simplesmente Christian. E já não estava mais "com o mundo", mas "no mundo". Tudo poderia ser escrito, mas nenhuma corda imaginária me salvaria dos meus saltos no vazio. O risco do vazio simbolizava para mim essa nova vida que me aguardava, que poderia tanto me despedaçar quanto significar minha salvação, meu caminho para o sucesso.

Muitos acham que o sucesso é como uma pirâmide, em que se sobe na direção de um pico ideal, o qual todos podem ver, mas que poucos podem alcançar. O sucesso, ao contrário, é uma corrente, não se estende em altura, mas em comprimento; os anéis mais frágeis estão no início, depois as ligações se tornam cada vez mais fortes, inoxidáveis, mas os alicerces de onde partem, aqueles de que facilmente nos esquecemos porque estão escondidos, são os que sustentam a estrutura toda. É por isso que tudo pode desabar justamente quando parecemos realizados e a lógica nos diz que seria impossível voltar atrás.

Naquele dia, ao sair de casa, encontrei meu Porsche no lugar de costume. Aquele carro era para mim um símbolo, a ser polido e cuidado com amor. Eu falava muitas vezes com ele e, naquela manhã, fantasiei sobre como ele estaria ansioso para me acompanhar naquele encontro que havia tanto tempo eu imaginava.

A maior curiosidade que eu tinha era em relação ao Sr. Carter.

Ouvi sua voz ao telefone muitas vezes, mas nunca consegui imaginar realmente o tipo que se escondia por trás daquele tom tranquilo e seguro. Não havia rastro dele nas redes sociais; alguns artigos de jornais locais, ainda disponíveis on-line, o citavam como um benfeitor da comunidade, mas não havia nenhuma imagem do filantropo milionário. Quem me falou dele foi um conhecido que entendia muito de negócios, um daqueles que troca de iate a cada cinco anos porque enjoa da cor e que em um ano está morando em Malibu e, no outro, no Caribe, um desses que você encontra por acaso em uma festa, perde de vista por um tempo e depois o encontra ainda mais jovem do outro lado do mundo.

Eu sabia que tinha encontrado um texano especialista em negócios, um tubarão capaz de destroçar qualquer presa até os ossos apenas para economizar alguns centavos. É assim que funciona: quanto mais milhões essas pessoas têm, mais mesquinhas elas se tornam. Mas eu ainda não via essas atitudes como negativas, pelo contrário, elas me pareciam completamente normais. Assim é que tinha que ser, e, quanto mais ambicioso o Sr. Carter fosse, mais eu me sentiria na hora e no lugar certos.

Os negócios para mim não eram apenas necessidade, eram sobretudo um jogo de equilíbrio, uma partida de xadrez que eu tinha que vencer a todo custo.

Eu imaginava o Sr. Carter confiante e pronto para desvalorizar a casa que eu estava vendendo, e que considerava minha, só para conseguir um preço melhor, depois deixá-la mais luxuosa, revendê-la e investir o dinheiro em ações. Eu tinha que usar a minha lábia da melhor forma possível, não tinha dúvidas disso.

Eram quase oito e meia, o horário marcado. Finalmente cheguei em frente ao bar em que tomaria café da manhã com aquele homem.

O céu da manhã pintou todas as suas cores em minhas pupilas e atraía minha atenção como o ímã faz com o ferro, levando-me a perceber pela primeira vez quão imenso era seu azul. Por um lado, aquilo me intrigava e me fazia bem, era como se sentisse que o céu estava ali para me encorajar. Por outro, me irritava, porque aquelas sensações estavam me distraindo, enquanto eu deveria estar o mais concentrado possível. Eu sabia que uma grande piada de mau gosto do destino poderia estar à minha espreita, capaz de me fazer perder tudo o que acumulei em uma vida inteira, de uma hora para outra. Certamente não poderia dizer ao Sr. Carter que as cores do céu estavam vibrantes naquele dia, ele pensaria que eu era louco, um pobre coitado da sociedade. Quem ainda olha para o céu? Estamos acostumados a ver o céu, não a olhar para ele, queremos apenas saber se devemos esperar um dia claro ou chuvoso.

Naquele dia, porém, captei todas as nuances de suas cores, que me pareciam tão vivas, brilhantes, cheias de força e de energia. Fiquei satisfeito com aqueles tons, que faziam a minha pele brilhar, e sentia que, de uma maneira até difícil de racionalizar, eles faziam brilhar também o meu talento de convencer outra pessoa.

Sorri vendo uma nuvem se desmanchar ao perseguir o sol e fiquei observando aquela enorme bola de fogo paciente. Apesar de tudo, todas as manhãs ela tinha uma vontade destemida de iluminar quem a desejasse.

Sentia-me estranho, admito.

Eu sabia que aquele era um dia muito importante para mim, mas ao mesmo tempo não conseguia desviar minha atenção daquela vista. Um espetáculo que poderia ter admirado muitas outras vezes, de qualquer janela do mundo, bastando simplesmente estar disposto a isso.

De repente, senti uma mão em meu ombro. Meu coração disparou, virei-me abruptamente e vi um senhor alto e robusto, com um chapéu estilo cowboy na cabeça.

— Olá! — exclamou ele, com um forte sotaque americano. — Aposto que o senhor é o Christian!

Aquele fio de voz que me escapou bastou para que ele entendesse que sua aposta estava certa.

— Prazer, sou James Carter. Peço mil desculpas pelo atraso, meu carro decidiu fazer birra justo hoje. A pouco menos de cinco quilômetros daqui, o motor morreu e não quis voltar por mais de meia hora.

Havia algo que não fazia sentido em suas palavras. Por que se desculpava pelo atraso? Eram oito e meia em ponto.

Verifiquei o relógio. Aquele relógio que jurei a mim mesmo nunca mais tirar, um presente de minha mãe, de grande valor sentimental. Ela me deu quando eu tinha dezesseis anos, dizendo que era o preferido de meu pai, um homem que nunca conheci, que havia ido para a guerra quando ainda sonhava com uma vida normal, e os meus olhos nunca puderam encontrar os dele, apenas pelas fotografias.

O relógio marcava nove e quinze.

Como era possível? Lembrava-me perfeitamente de ter estacionado o carro às oito e vinte e sete.

Era provável que meu rosto tivesse uma coloração estranha, porque o texano me olhou, perguntando:

— Você está bem?

— Sim, me desculpe, está tudo bem. É que não descansei muito bem e ainda estou um pouco sonolento — justifiquei-me, pensando logo na péssima impressão que tinha acabado de passar, agravada com essa frase absolutamente fora de lugar, como se tivesse sido um incômodo para mim encontrá-lo, depois de uma noite maldormida e uma manhã supostamente passada a xingá-lo por ter feito eu levantar tão cedo.

A resposta do Sr. Carter foi imediata:

— Não se preocupe, não há nada melhor que um bom café para acordar. Força, vamos!

E dirigiu-se ao bar, onde pediu dois cappuccinos. Eu me convenci de que o que quer que tivesse se apoderado de mim minutos antes agora precisava desaparecer completamente. Naquele momento, eu dependia da melhor parte de mim, e ela tinha que se manifestar o mais rápido possível.

Aquele encontro era importante demais.

O Sr. Carter parecia completamente à vontade. Eu teria reconhecido aquele sotaque a quilômetros de distância, ele tinha um tom de voz muito alto, apesar de falar com calma.

Ele me entreteve descrevendo suas ambições, suas exigências e suas impressões do mundo.

O que mais me atraiu nele foi a autenticidade ao se expressar. Ele disse tudo o que pensava, sem se esconder atrás de um véu artificial, como se tivesse aberto o baú de sua psique; em poucos minutos mostrou a si mesmo sem nenhum medo. Falamos também sobre sua família: ele me contou que tinha cinco filhos e uma esposa que amava muito e com quem era casado havia quarenta anos.

De repente, o Sr. Carter tirou o chapéu, sacudiu os fartos cabelos brancos e, pondo a mão em meu braço, confidenciou-me:

— Meu amigo, não foi por acaso que eu sonhava desde criança que tinha cinco filhos, uma casa esplêndida no campo, cheia de animais e flores de todos os tipos. O meu subconsciente se permitia imaginar tudo isso simplesmente porque sabia que um dia minha vida seria assim.

Essa sua certeza me deixou perplexo.

— Você acredita que existe um destino, um propósito ou um fio condutor que nos acompanha por toda a vida? — perguntei, sem conseguir esconder uma ironia sutil.

— Claro — respondeu ele. — A vida nos coloca diante de situações, boas e ruins, para nos fazer encontrar justamente o que precisamos, para estimular em nós a reação certa, porque é daquilo que necessitamos, naquele exato momento. — Ele parou alguns segundos e depois continuou: — Digamos que... muitas pessoas não conseguem captar essa mensagem e se perdem na insatisfação, na tristeza, no tédio e na vitimização.

Aquela resposta, porém, não me convenceu.

De fato, seu raciocínio tinha certo apelo, mas me pareceu banal, superficial. Interpretei como uma estratégia pessoal, certamente respeitável, mas nada mais que uma mera forma de acreditar em alguma coisa nessa nossa existência que se apresenta como incerta, uma vida em que tudo é possível, mas em que nada nos traz certeza dos resultados.

Decidi mudar de assunto para não me distrair dos meus objetivos, mas o Sr. Carter me fitou duramente nos olhos e disse, quase em tom acusatório:

— Infelizmente muitas pessoas se dão conta tarde demais de ter recebido mensagens enviadas pela vida, mensagens que deveriam ter encontrado há muito tempo. Essas mensagens são espelhos, refletem a nós mesmos, e, se as percebemos, podemos nos reconhecer nelas. Assim, não precisamos mais nos identificar com os outros, porque somos livres para acolher a nós mesmos em nossa imensa completude. Fique tranquilo, Christian, fique tranquilo. Vai chegar o dia em que você vai entender que nosso encontro não foi casual, e que vim até aqui para transmitir uma mensagem a você, e você outra a mim.

Eu tinha a impressão de que meu cliente, já que esse era o papel dele ali, estava me roubando a cena; era eu quem deveria falar por uma hora e meia e fazê-lo entender por que deveria comprar a casa que eu estava oferecendo. Eu não tinha conseguido sequer começar a gastar aquelas belas frases retóricas e sensacionalistas que usamos para convencer as pessoas a comprarem nosso produto.

De fato, na noite anterior eu me sentia tão confiante, achava que seria capaz de falar por horas, preparei inúmeros discursos e dezenas de papéis para mostrar ao Sr. Carter, mas naquele dia não consegui nem abrir minha pasta.

Mas isso não parecia ser um problema para meu interlocutor; aliás, ele se mostrava disposto a falar de tudo, menos daquela casa. Eu estava quase pensando que ele era um louco e que eu estava simplesmente perdendo meu tempo. Uma manhã jogada fora, que com certeza me deixaria frustrado por muitos dias, semanas, talvez meses.

A aposta era alta e eu sentia que estava perdendo tempo. Estava prestes a desistir.

— Eu sei perfeitamente, Sr. Christian, o que você está pensando! — disse o Sr. Carter depois de limpar a garganta. — Acha que sou louco, um homem que só quer bater papo e desperdiçar o tempo de uma pessoa como você, cheia de planos e projetos relacionados a este nosso encontro. Não é isso?

Não tive forças para responder e só balancei a cabeça, o que honestamente não acredito que teve qualquer sentido prático.

— Olha só! Aquilo que falei antes ainda serve — continuou o texano. — Você ainda não entendeu que essa casa foi um simples pretexto do destino para que nos encontrássemos, porque tínhamos mensagens para transmitir um ao outro. Vamos, me dê o contrato.

Permaneci imóvel, olhando para um canto fixo daquele bar, acreditando piamente que aquilo era uma brincadeira de mau gosto, absolutamente imprópria para a situação.

Eu estava convencido de que ele não compreendia a importância daquele dia para mim e tinha certeza de que aquele homem, que de repente se transformou em um péssimo exemplo de um falastrão, em busca de vítimas para seu papo-furado, estava só tirando sarro de mim.

Queria ver até onde ele iria chegar, até onde iria seu showzinho solo e moralista, em busca de alguém inseguro que ele pudesse domesticar: agarrei a pasta, que se abriu com um estalo, vasculhei as primeiras folhas e as várias fotografias, peguei o contrato e coloquei-o sobre a mesa, virando-o em sua direção.

O Sr. Carter tirou uma caneta do bolso e, em menos de um segundo, sem sequer ler o texto, assinou. Com um gesto brusco, tirou um cheque administrativo do bolso do paletó e entregou-o a mim.

— Esse valor está bom? Já coloquei em seu nome.

Fiquei perplexo. O valor era quase o dobro da minha meta de venda.

Tive vontade de chorar e rir ao mesmo tempo. Sentia uma pedra no peito, que brincava com minhas emoções e balançava minha respiração como se fosse um ioiô.

Aquilo era inacreditável. Por que ele assinou sem sequer discutir o acordo por alguns minutos?

Olhando fixamente nos meus olhos, o texano me disse:

— Está feliz agora? Acredita que conseguiu o que queria?

Minha resposta foi instantânea:

— Mas nem sequer conversamos. Você não quis saber nada em particular, nem quis entrar na casa para ver as condições do imóvel...

— Digamos que eu já sabia o suficiente para estar plenamente decidido sobre o que fazer. O nosso encontro foi desnecessário para efeitos da venda da casa, mas me ajudou a perceber outras coisas muito mais importantes, fez parte do meu percurso pessoal — confessou.

Minha expressão tornou-se mais tranquila, e suspirei para tentar relaxar.

— Agradeço infinitamente pela confiança. Não se preocupe, porque não vai se arrepender. Vai ficar satisfeito.

Mas o cliente não parecia preocupado com isso.

— Tenho certeza. Gostaria apenas de reforçar: apesar desse cheque generoso, em algum momento você vai entender que as coisas belas da vida estão em outro lugar, não no excesso de dinheiro, mas naquilo em que o homem não colocou as mãos e que todos podem admirar e usar como espelho. O motivo pelo qual vivemos não é o mundo que o ser humano construiu, mas aquele que foi criado antes que ele chegasse.

Fez uma pausa e prosseguiu:

— Desejo que seja feliz, Sr. Christian, mas, para que isso aconteça, lembre-se de que não deve pensar que será graças ao meu dinheiro. Caso contrário, sua felicidade será como uma estrela cadente: assim que você aperceber essa felicidade na sua frente, ela já terá desaparecido no profundo escuro da noite. E você guardará essa felicidade apenas como uma lembrança, pensando que foi feliz ao vislumbrar essa estrela luminosa, desejando que ela se movesse para enfim fazer um pedido. Mas esse desejo seria expresso apenas uma vez, e então desapareceria. A felicidade se encontra exclusivamente no presente, em saber apreciar esse presente *vivo*. O passado é um presente que já se foi, o futuro é um presente que apenas imaginamos, completamente modificável até por um leve sopro de vento. — E insistiu: — O presente vivo, Sr. Christian, siga o presente vivo.

— Como pode acreditar nessas coisas? Justo você, que me parece tão apegado ao dinheiro...

— Como você avalia as coisas deste mundo, Sr. Christian?

— Bem, enfim... Olhe ao redor. Quem diria algo parecido entre as pessoas que estão sentadas aqui perto de nós?

— Você me fala das pessoas desta época, não deste mundo. O mundo permanece, o tempo desaparece. As pessoas desta época foram adestradas a se esquecerem de si mesmas e, em nome do progresso, pensam que são felizes. Tem certeza, Sr. Christian, que quer se conformar com pessoas desse tipo?

Olhei para ele, perplexo.

— Eu também faço parte dessas pessoas. Se quero viver, preciso me adaptar...

— Na verdade, você me fala de adaptação, mas, se essa fosse a sua essência, não precisaria se adaptar. Não se adapta nunca à essência. Pode-se apenas vivê-la, não precisamos sequer pensar a respeito, só viver e pronto.

Você consegue pensar na imagem da respiração? Ou apenas respira sem nem se dar conta disso?

— Onde estudou essas coisas, Sr. Carter?

— E você acha que é possível estudar a essência? O que você sabe de mim?

— Vou ser sincero... — comecei.

— Por favor — insistiu ele.

— Sei que é americano, do Texas, que é muito rico e que faz muita caridade.

— Então não sabe nada sobre mim, nada do que disse faz parte da minha essência: no mundo da essência, não tenho casas, não tenho uma pátria, nem mesmo a caridade me define. Sou James, eu mesmo, estou sentado aqui com você, olhando nos seus olhos.

— Mas também é o que as circunstâncias da vida fizeram de você, não pode negar isso.

— Sim, claro — concordou. — Mas só até eu me tornar as minhas próprias experiências: elas não podem determinar a essência, como você acredita. Identificar-se com as pessoas de nossa época a ponto de esquecer a origem do mundo é um dos erros mais comuns.

— Você é muito rico, vê tudo de uma posição privilegiada, acaba sendo mais fácil falar assim...

— Fiquei rico desde que comecei a ver o mundo por esta perspectiva: primeiro me tornei *rico* e só depois *ganhei dinheiro*. Nós nos tornamos aquilo que já somos por dentro, o resto se adapta.

— Você é de família rica?

— Cresci em um orfanato.

— Sério? É órfão?

— Prefiro dizer que cresci em um orfanato. Se dissesse que sou órfão, seria vítima da identificação com essa imagem e acabaria confundindo-a com uma parte da minha essência. Essa essência está em outro lugar.

Apertei a mão do Sr. Carter vigorosamente, nos levantamos e paguei o café da manhã.

Aquele homem, tão estranho e ao mesmo tempo tão fascinante, dirigiu-se até o jipe cinza que o esperava na rua, enquanto eu, satisfeito com o negócio, mas muito confuso com aquela conversa, segui na direção oposta, lembrando que eu havia deixado meu carro em uma rua lateral, perto do bar.

A paisagem ao meu redor exibia cores ainda mais definidas e brilhantes do que quando havia entrado no bar, e o som dos meus passos ecoava junto aos da multidão que caminhava e olhava seus celulares. Resolvi parar na vitrine de uma loja para me concentrar no presente, observá-lo enquanto vivo, utilizar meus sentidos para perceber e menos para imaginar, como aconselhou aquele estranho texano. Observei as pessoas que caminhavam sozinhas naquela rua, e apenas três das quinze que passaram por mim não estavam distraídas em uma conversa telefônica ou ligados à tela do celular.

Quanto mais mergulhamos na vida mundana, mais nos afastamos de uma das atividades mais raras em nossa época, a introspecção. Nós a substituímos pela busca por novas sensações, que, em sua maioria, nos chegam pelo celular. E o propósito dessa obsessão inconsciente pela tela é sempre o mesmo: verificar se há alguma mensagem ou comentário para nós, se alguém, em algum lugar, está pensando em nós ou está dizendo, de alguma forma, que precisa de nós. Em outras palavras, buscamos a prova de que precisamos para nos sentirmos importantes ou úteis.

Enquanto pensava em tudo isso, verifiquei as minhas redes sociais e vi que havia oitocentas notificações a serem lidas. Esse pequeno número me satisfez, e decidi me sentar no primeiro banco livre que encontrasse, voltando à minha "casa digital", para ler tudo o que tinha acontecido no mundo sem mim naquele tempo que passei com o Sr. Carter no bar. O que teria mudado?

Mas naquele momento olhei novamente a rua cheia de gente: as pessoas tiravam os olhos da tela apenas para se lembrar de que ali estavam as vitrines, lugar aparentemente perfeito para se comprar a felicidade, se você for esperto o bastante para encontrar uma pechincha.

Então, resolvi não cair na armadilha do celular e decidi colocar os fones de ouvido bluetooth para ouvir um pouco de música. Mas isso não era também um modo de acabar mais uma vez no presente imaginado em vez do real? Em um movimento rápido, peguei os fones e joguei na primeira lixeira. Aquele dia tinha que ser diferente: eu havia feito um bom negócio e poderia passar pelo menos algumas horas me dedicando ao "presente vivo", como uma espécie de homenagem necessária àquele estranho senhor de bigode e chapéu. Assim, pela primeira vez, me dei conta do canto dos pássaros. Desde quando era possível ouvi-los das ruas do centro?

Provavelmente desde sempre, contanto que você realmente queira ouvi-los.

Quando tinha sido a última vez que prestei atenção em um animal?

Pergunta sem lógica, desconexa e sem pertinência alguma para a mente de um homem de negócios de verdade, como eu me considerava, e realmente foi difícil encontrar uma resposta.

Mas, de repente, a espessa névoa do esquecimento se desfez, e me veio à mente a imagem de um balanço. No começo, não entendi o motivo. Depois, como um baque, todos os detalhes de uma memória esquecida havia tanto tempo foram reavivados. Eu devia ter no máximo oito anos de idade e estava brincando no balanço de um parque perto de casa. Era primavera, e o clima, instável, passou de aberto a nublado em poucos minutos, com um vento muito forte; ao meu redor, crianças brincavam tranquilas e eu, também despreocupado, encarava o céu, com o olhar perdido. De repente, chegou Licia, a gata da vizinha. Eu gostava muito daquele bichinho, amava trazer petiscos para ela todos os dias depois da escola.

Era uma gata esbelta e musculosa, muito elegante em seus movimentos, e tinha uma bela pelagem, sedosa e acinzentada, com uma linha mais escura que corria do dorso até a ponta da cauda. Seu olhar era tão hipnótico que eu adorava me perder nele enquanto acariciava sua cabecinha. Quando eu brincava no gramado de casa e tinha a sensação de estar sendo observado, parava e pensava que era a gatinha, me olhando de algum lugar improvável. E muitas vezes eu acertava: a via agachada em um galho de árvore, camuflada no feno, ou ainda deitada confortavelmente no capô do carro do vizinho. Outras vezes, não a encontrava, mas tinha certeza de que ela estava lá, bem escondida, zombando do meu olhar.

Um dia, a gata Licia estava meio estranha. Ela correu em minha direção, como se quisesse me dizer alguma coisa. Primeiro, parou muito perto do balanço e se sentou ereta, olhando fixamente para mim, depois veio esfregar seus pelos nas minhas pernas.

— Sai daí, Licia! O que está fazendo? Vai se machucar! — eu disse enquanto balançava, com medo de dar um chute sem querer nela.

Parecia que ela estava surda, porque começou a mordiscar minha calça até espetar minha panturrilha com seu canino. Dei um grito irritado e desci do balanço para correr atrás dela e dar uma bronca.

— Está louca? O que deu em você?

Foi o tempo de pegar minha mochila e uma veneziana do prédio do lado cair exatamente sobre o balanço onde eu estava um pouco antes. Se eu tivesse ficado lá por mais um minuto, teria terminado muito mal.

A explicação que dei para esse fato foi que os gatos preveem o futuro. Foi um acontecimento tão importante da minha infância que decidi nunca contar nada para ninguém, mesmo porque, se tivesse contado para minha mãe, talvez ela tivesse ficado preocupada demais, a ponto de não me deixar nunca mais brincar em um parquinho. Esse acabou virando um segredo entre mim e o mundo animal.

Eu sempre conversava com Licia e o fiz até o último dia de sua vida, cerca de três anos depois daquele acontecimento. Por que eu tinha apagado aquela lembrança? Como eu podia ser a mesma pessoa de tantos anos antes e ter esquecido uma coisa tão importante? De certa forma, um animal havia salvado minha vida quando criança. Onde estava aquela gratidão que eu havia prometido a Licia? É função do adulto cumprir e guardar aquilo que a criança prometeu. Eu havia quebrado esse pacto, talvez por me distanciar cada vez mais da minha essência.

A luz do sol refletia em meus óculos escuros enquanto eu acelerava o passo e virava a esquina onde tinha deixado meu carro. Ali estava, finalmente!

Sentei-me no banco de couro, certificando-me de não ter nada no bolso que pudesse danificar o estofado. Tentei afastar as últimas dúvidas e aqueles resquícios de pensamentos, até um pouco tóxicos, sobre o Sr. Carter. Então, esqueci que poderia estar sendo observado e me deixei levar: dei um grito de alegria pelo sucesso na venda, levantando os braços para o alto como se a partida mais importante do ano tivesse sido decidida com um gol no último segundo.

O que mais importava era o resultado que eu estava levando para casa, sem me preocupar tanto com *como* o objetivo tinha sido alcançado.

Sem fôlego depois de tanto comemorar, algo acabou chamando minha atenção.

Vi um pedaço de papel velho e amassado no vão do porta-luvas do painel. Não me lembrava de ter visto aquilo antes.

Estiquei o braço direito, peguei o pedaço de papel mal dobrado e me dei conta de que estava escrito à mão. Abri e li:
Você foi muito bem em fechar o negócio.
Fiquei imóvel olhando aquele maldito papel por um tempo que me pareceu infinito.

Maldito porque, a partir daquele momento, mil dúvidas me atravessaram. A felicidade de alguns segundos atrás foi completamente congelada, num piscar de olhos, por um papelzinho mal escrito, sujo e amassado.

Quem poderia ter escrito aquela mensagem? E por quê?

Teria o autor se enganado de pessoa? Seria uma brincadeira?

Ou será mesmo que alguém tinha me seguido?

Mas, acima de tudo, como é que o autor da mensagem tinha conseguido colocá-la dentro do meu Porsche sem quebrar os vidros do carro ou mexer na fechadura? Será que eu não tinha trancado o carro? Será que uma das portas não estava bem fechada? Não, tudo isso me parecia inverossímil.

Com certeza o bilhete tinha sido escrito havia pouco tempo, porque ninguém poderia imaginar a conclusão do negócio.

Examinei canto por canto, milímetro por milímetro, todos os cantos do carro que meu olhar podia alcançar.

Um arrepio me percorreu dos pés à cabeça e senti uma vertigem. Inspirei e expirei. Inspirei e expirei. Inspirei e expirei.

O carro estava trancado, eu tinha certeza – pelo menos naquele momento eu tinha.

Imaginei alguém me observando e me seguindo por horas ou dias, e a ideia me deixou profundamente nervoso.

Por um momento, porém, me tranquilizei pensando que aquilo poderia ser um plano maluco do Sr. Carter, que, para me provar sabe-se lá que teoria bizarra, tinha escrito aquela frase.

De fato, isso explicaria aquele seu estranho atraso, teoricamente motivado pela parada inesperada do carro a poucos quilômetros do bar.

Resolvi comparar a assinatura do contrato com a caligrafia daquela mensagem estranha.

Abri a pasta e, com as mãos suadas tanto pelo calor quanto pela tensão acumulada naquela manhã tão estranha, peguei o contrato.

Levantei as primeiras folhas e passei para a da assinatura.

Fiquei desconcertado: eram duas caligrafias completamente diferentes. O Sr. Carter assinou o nome quase em letras maiúsculas, James Carter. Até uma criança seria capaz de ler de tão claro que estava.

Quanto à da mensagem, parecia ter saído da caneta de uma pessoa que não tinha ainda aprendido a escrever, com um traço desordenado e confuso.

Senti no fundo que eu estava lidando com dois tipos de personalidade totalmente distintos e desconsiderei o texano como autor do bilhete.

Esse era para ser um dia positivo. Eu tinha conseguido atingir meu objetivo, mas alguém parecia disposto a estragar meu dia.

Sinceramente, o que mais me incomodava não era tanto a descoberta daquele bilhete, mas o fato de que eu não estava aproveitando um momento tão importante. Era uma felicidade que deveria me fazer sorrir por muito tempo: vender aquela casa deveria me garantir uma alegria bastante duradoura, começando com um belo entusiasmo que deveria durar pelo menos diversos dias.

Lembrei-me de uma sensação semelhante a que sentia na minha época de estudante e as tão esperadas férias estavam para começar. Tinha certeza de que naqueles dias longe da escola eu faria uma infinidade de coisas e que me divertiria bastante.

Todos os anos, pontualmente na metade das férias, colocava na cabeça que eu havia desperdiçado muito tempo, e de que agora me restavam poucas manhãs e poucas tardes para aproveitar a liberdade da melhor forma possível.

Esse pensamento por si só me irritava muito e acabava estragando os dias restantes, que deveriam ser despreocupados e felizes. E era exatamente isso que estava acontecendo naquela manhã.

Pressionei a alavanca que controlava o banco do carro e inclinei meu corpo para trás. Deitei-me e procurei relaxar.

Com a mão, abaixei o vidro do carro do lado que dava para um bosque e procurei prestar atenção nas melodias que aquela natureza tão rica me oferecia.

Fechei os olhos.

Tentei não perder nenhum som daqueles animaizinhos, era incrível a harmonia que criavam com suas vozes.

Pareciam cantar, uma estrofe cada um, uma canção que só eles conheciam, e isso me acalmou.

Foi difícil entender por que meu humor melhorou tão de repente, mas aqueles passarinhos fizeram eu me sentir muito mais à vontade, substituindo o nervosismo que havia dominado meus sentidos apenas cinco minutos antes.

Abri levemente um dos olhos e notei que no galho de uma árvore que se inclinava para a rua havia um grupo de passarinhos, todos muito próximos uns dos outros. Eram cinco, e quatro estavam de frente para o mais atarracado, como se estivessem em uma palestra. Nunca tinha pensado que aqueles animais pudessem estabelecer regras e relações entre eles.

Ou talvez eu achasse que não fosse possível, mas me bastou finalmente estar no presente vivo da natureza para entender que aquilo, afinal, não era ficção científica.

Sentia-me estranho.

O Christian, que até ontem dedicava cem por cento de suas forças para o trabalho, hoje conseguiu dominar seus instintos graças à ajuda da natureza.

Minha mente havia se emancipado completamente do pensamento da manhã cansativa que eu estava tendo, e me senti relaxado, deixando de lado todas as dúvidas que vinham minando minha paz interior.

As frases ditas pelo Sr. Carter me levaram a achar que havia algo de anormal naquele homem... Mas e se ele tivesse razão?

No fim das contas, era algo que eu poderia ter notado desde que nasci, mas somente naquele dia, naquele momento, eu me dei conta de como era bom apreciar a natureza.

Por um momento, eu me senti em harmonia. Pensei que ser taxado como "estranho" por pessoas comuns me ajudaria a me sentir bem, e que essa seria a minha escolha de vida.

Fechei os olhos e me recostei para voltar a escutar aqueles cantos melodiosos. Apoiei a cabeça, mas, assim que comecei a relaxar novamente, o telefone tocou.

Levantei os óculos e, com um suspiro entediado, depois de esfregar os olhos, peguei o celular.

Era Michael, um amigo, ou melhor, talvez a única pessoa em quem realmente podia confiar e a única amizade que conseguia levar adiante, apesar de todos os meus compromissos.

Provavelmente era capaz de manter essa amizade porque, na maioria das vezes, era ele quem me procurava, me distraindo com seu papo e me pedindo opiniões simples a respeito de suas ideias, mesmo que na maioria dos casos ele se contentasse que eu ouvisse o que ele tinha a dizer e acenasse com a cabeça.

A solidão me assustava desde a infância. Depois, na adolescência, me parecia mais uma cura que um mal. Uma cura para o caos e o clamor de insinuações como "você tem que ser assim", "teria sido melhor se...", "em vez de dizer isso...".

Fui um adolescente bastante solitário que, para compensar os momentos de alienação, aprendera a falar sozinho nos momentos particularmente alegres e nos particularmente tristes, a fim de suprir a necessidade de transmitir emoções a alguém.

Clichê? Pouco importa, porque funcionou. Assim que criei o hábito da solidão, deixei de sentir certas necessidades, criadas na verdade por avassaladoras pressões de fora.

— Alô? — falei em voz alta, com serenidade.

— Olá! Tudo bem?

— Ah, mais ou menos. Admito que hoje está sendo um dia bem peculiar, mas agora está tudo entrando na normalidade. E com você?

— Tudo bem. Encontro você em casa na hora do almoço?

— Sim, se quiser me encontrar, pode passar lá. Se quiser, podemos comer alguma coisa juntos. Daqui a uma hora espero você em casa.

— Perfeito, até mais tarde.

Eu morava a cerca de dez quilômetros do bar, mas o trânsito do meio-dia era tão intenso que levei mais de vinte minutos para chegar em casa, entre buzinas e semáforos.

Finalmente estacionei o carro na praça em frente à casa e, com o passo rápido, me aproximei da porta de entrada. Entrei e me sentei no sofá, olhando a porta que lentamente fechava sozinha. Ver como aquela porta se fechava, calmamente, me deixou ainda mais relaxado. Era como se ela falasse comigo, dizendo: "Vamos fechar essa manhã triunfante, você conseguiu, e aproveite que estou fechando em câmera lenta, pois assim o prazer vai durar ainda mais". Nada melhor que uma porta que se fecha para abrir novos cenários, fazer nascer novas vidas.

Havia uma bela luz, clara e penetrante, que beijava os vidros e iluminava o interior da minha casa. Eu olhava na direção de uma das janelas, mas, com o canto do olho, notei algo fora do lugar no chão de mármore que refletia o teto.

Havia um papel bem em frente à porta de entrada.

Ficou imediatamente claro para mim que alguém de fora o tinha deslizado para dentro pelo pequeno vão da porta.

— Ah, não! — foi a minha resposta instintiva.

A tensão tomou conta de mim e, levantando-me bruscamente do sofá, fui apressado na direção daquele pedaço intruso de papel.

Abaixei-me e peguei o bilhete.

Estava amassado e mal cortado, e pensei que parecia a parte que faltava da página que encontrei no painel do meu carro.

De imediato, tive a sensação de que o remetente era o mesmo do anterior. Também era escrito à mão, e a caligrafia era muito parecida.

Dizia o seguinte:

As montanhas
beijadas pelo escuro
protegem-se sob um manto de estrelas
e sorriem para a lua

que acolhe com sua luz
as prímulas e os botões que a acompanham.
Que bom viver apreciando aquilo que nos circunda.
Nada é melhor que uma montanha selvagem
Para entender como é gratificante estar no mundo.

Congelei depois de ler aquela nova mensagem e permaneci uns instantes encarando fixamente o texto.

Tive que admitir que na primeira mensagem encontrei nas entrelinhas algo de negativo e talvez até perigoso, imaginando que havia alguém me espionando, o que fez que eu me sentisse nada seguro.

Nessa nova mensagem, porém, pairava algo diferente. Por trás daquelas linhas tão harmoniosas, descrevendo a paisagem, imaginei um poeta animado por uma sensibilidade marcante, a qual talvez o perturbasse. Uma vergonha capaz de levar à alienação, a uma vida de comunicações interrompidas, cujo único objetivo viável era procurar pessoas para quem pudesse ao menos escrever cartas. Imaginei o remetente como alguém digno de pena, alguém que precisasse de alguma forma ser compreendido.

Mas, enquanto eu refletia sobre tudo isso, senti que me afastava da verdade e da principal questão que ainda me obcecava, capaz de tornar inútil qualquer outro pensamento: por que eu?

O intruso era com certeza alguém que, além de conhecer o meu carro, sabia onde eu morava e dos meus compromissos. Então, fiquei ansioso novamente.

Aquele instante de pena que eu tinha sentido um pouco antes se transformou novamente em medo e nervosismo. Acabei retomando uma possibilidade que já tinha descartado antes: podia muito bem ser o Sr. Carter o autor daqueles versos tão bizarros. Provavelmente foi isso que ele quis dizer quando insinuou que tínhamos algo a transmitir um ao outro.

    Eu conhecia aquele homem havia pouco tempo, mas naquele momento tive a certeza de ter um panorama bastante detalhado da sua personalidade: resolvi procurar seu número de telefone e ligar para ele, sem demora.

    Eu sabia que, se o Sr. Carter não fosse o autor de tudo aquilo, eu estava prestes a fazer papel de bobo, do qual me envergonharia por toda a vida. Mesmo assim, decidi continuar.

    O celular do Sr. Carter, porém, estava fora da área de cobertura ou desligado.

    Tentei de novo para ter certeza.

    Desligado.

    Nunca fiquei com as mãos tão suadas e trêmulas como naquele instante. Acomodei-me no sofá e liguei a televisão em um canal aleatório; não me importava o conteúdo do programa, só queria me distrair.

    Queria não pensar naquela sucessão turbulenta de acontecimentos que abalaram, sem pena, meu dia de realizações, mas não conseguia.

    A campainha tocou: era Michael.

    Desnecessário dizer que eu havia me esquecido do encontro marcado com ele.

    Virei a maçaneta da porta e deixei-o entrar.

    Por um momento, pensei em fingir que estava doente para evitar ter que justificar a minha expressão, mas depois me convenci de que não teria sido inteligente abalar meu almoço por culpa daqueles eventos ainda sem explicação.

Eu tinha que deixar tudo passar por mim como se fossem gotas de chuva, sabendo que depois de pouco tempo elas tocariam o chão. Desse momento em diante, eu me libertaria daqueles pensamentos estranhos, bastava esperar.

Estava certo de que não haveria mais eventos. Aquilo que o remetente misterioso daquelas mensagens – talvez o próprio Sr. Carter – queria me dizer certamente já havia sido dito.

Michael entrou sorrindo e de fato me perguntou se eu estava doente.

Como esperado, não fui capaz de disfarçar meu estado de ânimo nem por um segundo, ou talvez ele me conhecesse bem demais para não notar algo incomum em mim.

— Que cara! Se estiver atrapalhando, vou embora.

— Imagina! — respondi. — O dia não melhorou muito depois que nos falamos... E eu tinha avisado: foi uma manhã muito cansativa. Minha aparência é só uma consequência disso.

Michael mudou completamente de assunto; acomodou-se na poltrona enquanto eu tirava da geladeira sushi para duas pessoas, presumindo que meu amigo também iria gostar. E assim foi.

Como sempre, ele não parou um segundo sequer de falar, nem enquanto comia. Do trabalho, das últimas notícias, até do clima.

Eu estava perdendo o fio da meada e me desconcentrei completamente quando parei para prestar atenção na forma como ele falava. Estava sempre muito entusiasmado, com uma energia invejável, gesticulava muito e se empolgava com frequência durante seus longos monólogos.

No entanto, a característica mais marcante nele era a ambição. Michael trabalhava como gerente em uma indústria farmacêutica e não parava nunca. Seu celular tocava o tempo todo, mas ele só atendia de vez em quando; na maioria das vezes, nem olhava quem era. Certa vez, ele me contou que havia personalizado o toque das chamadas da esposa e do filho para saber quais não poderia deixar nunca de atender.

Nunca saía de casa sem antes pentear a espessa cabeleira preta e se observar atentamente no espelho pelo menos cinco vezes. Tinha sido assim desde a escola.

Michael e eu tínhamos muitos interesses em comum, o que fez com que mantivéssemos contato e cultivássemos uma longa amizade, mesmo com períodos de afastamento. Os amigos mais próximos na escola são aqueles que nos ensinam o significado da palavra "amizade", e, uma vez impresso na mente, fica difícil dissociar esse significado da imagem do primeiro amigo ou da primeira amiga. Há amizades em que o tempo não importa, tanto o tempo que passamos juntos quanto aquele em que nos distanciamos; há amizades que são conexões permanentes, que não precisam de proximidade física e permanente para durar ao longo do tempo. Dois amigos como eu e Michael podem conversar até em pensamento, a diversos quilômetros de distância um do outro. E, acima de tudo, podem recomeçar de qualquer ponto para estarem juntos novamente.

Outra particularidade de Michael eram suas contradições: ele alternava momentos de incrível profundidade de pensamento e seriedade máxima com outros de pura superficialidade e desinibição.

Michael interrompeu meus pensamentos:

— Não sabia que você tinha começado a escrever poesia.

— Po... poesia? — gaguejei.

— Sim, em cima da mesa tem uma poesia que fala de montanhas e da vida. Foi você que escreveu?

— Ah, essa! — Decidi não esconder o que havia acontecido e confessei: — Encontrei embaixo da porta, não sei quem pode ter escrito.

— Você *encontrou*? — Michael esticou o pescoço em minha direção, inclinando a cabeça para a frente, e fixou o olhar no meu, como se quisesse sondar minha alma.

— Sim, encontrei, e não faço ideia de quem escreveu.

Uma amizade de longa data é assim: sem nem me dar conta e sem me perguntar se seria sensato ou não, comecei a contar tudo o que havia acontecido naquela manhã, e Michael não se distraiu nem por um segundo, o que já me parecia um acontecimento excepcional.

Procurei entrar nos detalhes mais específicos:

— Mas, pensando bem, Michael, aquele cara não tinha como saber o endereço exato da minha casa, a menos que estivesse me seguindo por dias. Além disso, o Sr. Carter, é esse o nome dele, veio de uma cidade situada vinte quilômetros a oeste do bar, e a minha casa fica dez quilômetros a leste do ponto onde nos encontramos para o café da manhã. Isso significa que, para me entregar essas frasezinhas, ele teria percorrido trinta quilômetros desde a sua casa, dando uma bela volta para então chegar ao local em que nos encontramos. Não acredito que teria feito tudo isso para me entregar um poeminha.

Seu olhar se perdeu no vazio, como se estivesse pensando em uma solução para resolver o mistério.

— Esse Sr. Carter é um tipo estranho? — perguntou ele, ansioso pela resposta.

— Bem, eu diria que é um tipo muito peculiar. Conversou comigo por uma hora e meia a respeito de suas ideias filosóficas sobre a vida e, sem nem mesmo saber detalhes da casa, assinou o contrato e o cheque.

— E do que você está reclamando? — ele me repreendeu. — Conseguiu o que queria, não? Tinha mesmo que ser assim: conseguiu alcançar seu objetivo, mas ao mesmo tempo fica aí, cheio de enigmas. Que mal tem nessa história? Quem escreveu esse poema não te ameaçou nem ofendeu. Pode até ser uma mulher completamente apaixonada por você, alguém que quer te levar para uma montanha, olhar as estrelas e... — Ele começou a rir. — Você está com sorte, Chris. Talvez amanhã ela deixe uma foto e o número de telefone — brincou, dando uma piscadinha.

Era como se todo mundo estivesse falando uma língua diferente da minha, inclusive ele.

— Sabe — continuou Michael —, ontem na conferência sobre os novos fármacos, também conheci um cara estranho, que me deixou imediatamente intrigado com suas roupas. Tínhamos uma reunião com o Dr. Abelard, o presidente da empresa. Estávamos todos de terno e gravata, e aí imagina a cena: esse cara chega com uma camiseta preta de manga curta, jeans escuros e tênis. Não tinha como deixar de notar a mandala que ele tinha tatuada no braço direito. Era um desenho maravilhoso, garanto que você também teria gostado. Ele devia ter uns cinquenta anos, com os cabelos grisalhos e despenteados, o rosto enrugado, como o rosto bronzeado dos homens do mar que vivem a vida toda em um barco.

Fiz sinal para que continuasse, sem saber aonde ele queria chegar com isso.

— Imediatamente perguntei para minha secretária, Tamara, quem era aquele homem, pensando que era algum penetra. Todos olhavam para ele. No fim, descobri que é o gerente mais rico da empresa, aquele que liderou a fusão entre a Rikter e a Mark. Quase desmaiei quando fiquei sabendo o tamanho de seu patrimônio. Chama-se Attilio e é também autor de livros de filosofia. Um tipo interessante, que imediatamente chamou minha atenção. Queria falar com ele, que parecia ter uma autoconfiança inabalável. Eu queria saber o segredo de tanta serenidade e segurança.

Michael contou que se aproximou do homem e puxou conversa, elogiando-o por suas grandes qualidades profissionais e suas conquistas.

Ele olhou para Michael e apertou sua mão, apresentando-se. Os dois começaram a conversar sobre a conferência e depois sobre temas mais amplos. Era como se eles se conhecessem a vida toda.

— O assunto mais interessante da conversa foi sua visão sobre a vida — contou Michael. — Attilio pensa que toda a nossa existência está escrita em um círculo. Explico melhor: o homem nasce, vive e morre da mesma forma e com o mesmo ritmo com que se sente bem, conduz um momento de estabilidade e se sente mal. Todas essas emoções se reproduzem de forma cíclica, e o ambiente que nos cerca também segue esse padrão, como o nascer do sol, o seu percurso durante o dia, e, depois, quando ele se põe.

Para explicar essa sua teoria, o homem relatou a Michael uma experiência que o tocou profundamente.

Um amigo muito próximo dele estava vivendo uma grande desilusão amorosa e não tinha mais vontade de viver, querendo apenas se esquecer de si mesmo. Era como se a única tarefa que a vida lhe havia reservado fosse simplesmente continuar respirando. Mas, mesmo sofrendo, bastava que ele expirasse o ar para que o sofrimento se transformasse em tranquilidade e, depois, em serenidade.

— Ele me convenceu de que esse é um processo natural e automático — continuou Michael. — Quando nosso subconsciente percebe a gravidade de um acontecimento que está abalando nossa vida, o corpo começa a liberar uma substância calmante que, bem devagar, com seu maior aliado, que é o passar do tempo, supera essa situação. Pode acreditar ou não, mas só ganhamos quando continuamos a respirar e, portanto, a viver. A vida só pode ser encarada como um bem, seja qual for a situação em que nos encontremos.

Mesmo quando parece que você não tem mais um propósito, é justamente continuando a inspirar e expirar que você pode mudar alguma coisa, e não interrompendo a respiração.

Na ocasião, Attilio explicou que, para ele, o ser humano não tem motivos para se desesperar ou duvidar de si mesmo, porque a insegurança vem do medo de tomar decisões erradas, daquelas que podem mudar o curso de um evento. No entanto, é a própria existência que nos leva a tomar as decisões certas ou erradas, e é impossível que o homem quebre essa corrente.

— Chris, isso tudo me impressionou muito, vindo de alguém de tanto sucesso... — disse Michael.

— O que significa ter sucesso? — perguntei.

— Ser rico, realizado profissionalmente e feliz em seu próprio corpo. O que mais queremos da vida?

Não respondi à sua pergunta, mas pensei em como as duas primeiras características eram supérfluas para que uma pessoa se sinta feliz por estar em seu próprio corpo. Não seria essa última a realmente essencial? As duas primeiras não seriam simples substitutos, incapazes de determinar a felicidade?

— A própria vida nos força a cometer erros — continuou Michael. — Não há pessoa no mundo que não tenha errado pelo menos mil vezes; cada erro é uma escolha da vida e não do livre-arbítrio, como somos tentados todos os dias a acreditar. Todos podem cometer erros, porque somente por meio de certas experiências é que entendemos o significado e a importância de algumas coisas. É como com os adolescentes: eles devem experimentar o que é bom e o que é ruim por meio de suas próprias experiências, e não com base nas dos outros. Todas as proibições impostas pelos pais crescerão como pontos de interrogação, cada vez mais sedutores, até que, mais cedo ou mais tarde, se transformarão em pontos de exclamação por pura rebeldia.

Nunca pensei que Michael poderia se interessar por assuntos do gênero. Tudo aquilo me pareceu em grande parte banal, expresso com pouca clareza, mas concordei com ele. Percebi que meu amigo ainda tinha algo a me dizer enquanto mastigava a última mordida.

— Bom esse *roll*! O sushi é sempre uma boa escolha, pode ser consumido tanto no almoço como no jantar, e também como aperitivo. E pensar que quando éramos crianças não comíamos peixe cru... Como mudamos, caramba, como mudamos!

Parecia que já havia esquecido aquelas palavras capazes de iluminar seu olhar momentos antes.

De repente, seu celular tocou e, ao ver quem estava ligando, Michael revirou os olhos e atendeu, bufando.

Era seu chefe, dizendo que o queria no escritório uma hora antes do habitual.

Só pela expressão do meu amigo já era possível perceber todo seu nervosismo e resistência, e ele se levantou rapidamente da cadeira. Afastou-se da mesa e arrancou o guardanapo que colocara cuidadosamente sobre a camisa para não correr o risco de um respingo de comida tingir de cores aquele algodão, tão branco e limpo.

Ele então me disse que nos falaríamos nos próximos dias, sem comentar o pedido do chefe. Inútil gastar o fôlego com isso. Michael sempre teve a ambição de evoluir profissionalmente, e, se além do trabalho árduo, o preço a pagar fosse ter de agradar seu chefe a qualquer momento, assim seria. Despediu-se, saiu e fechou a porta.

Ficando sozinho, meu pensamento dirigiu-se a Attilio.

Naquele dia, muitos eventos estavam mexendo com minha cabeça, com meu equilíbrio tão firmemente construído ao longo de muitos anos. Sempre fui um homem racional, cético por princípio, duvidoso de qualquer coisa que não tivesse um começo definido, um meio constante e um fim certo. Na prática, era um homem previsível, e isso me dava segurança, a garantia de que eu conhecia a mim mesmo... Claro, não totalmente, mas o suficiente para viver em tranquilidade.

Tirei a mesa, mas deixei os pratos na pia, adiando por tempo indeterminado cada pequeno esforço.

Eram três da tarde, e resolvi me dar uma "recompensa" pela venda do imóvel: me dispensaria do trabalho também no dia seguinte. Isso significava prolongar por mais vinte e quatro horas a descontração que deveria estar experimentando naquele momento.

Sentei-me na poltrona. Era incrível como o cansaço mental e os pensamentos negativos haviam sugado toda a minha energia, deixando-me praticamente inerte e improdutivo já àquela hora.

Eu morava havia cinco anos em uma casa a poucos metros do mar e me sentia muito bem ali. Eu tinha acabado de mobiliá-la com minha companheira, Diana, uma designer capaz de revolucionar uma casa em poucos minutos, aproveitando ao máximo cada canto com apenas alguns movimentos.

Tínhamos nos encontrado: eu, o corretor mais invejado da região, e ela, que sabia aproveitar cada canto. Para mim, não havia diferença entre um tapete de seda Keshan do século XIX e um Najafabad dos anos 1960. Para Diana, sim, e ela sabia valorizar cada parede e cada assoalho, tinha uma vontade louca de sempre descobrir novas tendências relacionadas a antiguidades, mas também ao design mais moderno.

Ela havia partido para Hong Kong alguns dias antes, para participar de uma feira muito importante, e eu queria contar a ela pessoalmente sobre a venda da casa. Talvez com um jantar tranquilo à luz de velas, coisa que adorávamos fazer pelo menos uma vez por semana.

A porta de entrada, de madeira rústica, dava para a sala de estar, onde havia duas poltronas de couro antigas e um sofá Chesterfield de frente para uma televisão enorme, conectada ao wi-fi e a alto-falantes. Para embelezar a sala, tornando-a ainda mais acolhedora e requintada, algumas pinturas finamente trabalhadas retratavam cenas míticas.

Além da sala, a casa tinha dois banheiros, três quartos, dois escritórios e um cômodo que ainda não sabíamos como utilizar. Na verdade, poderíamos usá-lo para qualquer coisa, porque era grande o suficiente, iluminado pela luz do sol através de uma pequena janela. Mas como ainda não tínhamos uma ideia clara de sua funcionalidade, decidimos aproveitá-lo como um depósito, onde poderíamos deixar a bagunça solta. Em cada casa deveria haver um espaço dedicado à destruição criativa: a desordem é um escape que fala línguas desconhecidas e combina significados aparentemente opostos, permitindo-nos experimentar outros novos.

Peguei o controle remoto para procurar algo que me distraísse e acabei instantaneamente absorto nas imagens que surgiram na televisão. Era um documentário fascinante sobre o mundo animal. Fiquei maravilhado ao admirar a imagem de uma montanha, era de tirar o fôlego.

Pensei, encantado, em quantas formas de vida e quantos costumes aquelas imensas rochas, coloridas por uma infinidade de verdes, poderiam esconder.

Lembrei-me do canto dos pássaros que eu tanto tinha apreciado naquela manhã, e minha mente se tranquilizou.

Durante o comercial, fechei os olhos e me permiti descansar.

II

Ouvi alguém bater à porta e levantei-me atordoado daquele ninho confortável e acolhedor, dirigindo-me então à entrada de casa.

Os *toc toc* eram cada vez mais fortes e frequentes, e o ritmo do meu coração se igualava ao daquele som insistente.

Eu não fazia a menor ideia de quem estaria me incomodando daquela forma.

O ruído ficava cada vez mais ensurdecedor.

Eu me esforçava para me mover em direção à porta da frente, mas continuava parado no mesmo lugar. Era como se uma rede invisível me envolvesse e me obrigasse a permanecer imóvel.

Tentei correr para tentar escapar daquela teia de aranha invisível, sem sucesso.

O barulho não parava, eu me sentia impotente, com medo, minha pulsação estava acelerada. Comecei a ter dificuldade para respirar, meu peito estava apertado, as cores começaram a desaparecer lentamente e eu ofegava como um peixe fora d'água...

Finalmente acordei.

Estava sonhando.

Estava muito suado. Não sabia se me considerava um sortudo por ter sido apenas um pesadelo, fruto da minha imaginação, ou se começava a me preocupar seriamente com meu estado psicológico.

Olhei para o relógio e vi que tinha dormido por quatro horas inteiras... Já eram sete da noite.

— Que dia! Se eu contasse, ninguém acreditaria! — exclamei com a voz um pouco rouca.

A televisão continuava ligada. Estava passando um programa de ciências que mostrava os vários tipos de rochas encontradas em nosso planeta.

Não tive forças para me concentrar nem por um segundo naquelas imagens.

Resolvi que era hora de me levantar e esticar as articulações e fui até a cozinha, procurando algo para comer. Comecei a desejar comida para repor as energias perdidas durante aquele sono "cansativo".

Fatiei a melancia e ouvi um barulho alto vindo da despensa.

Tive a impressão de que algo havia caído, mas não consegui entender o que poderia ter causado aquele barulho.

E se tivesse alguém em casa?

Meus tímpanos ainda percebiam um leve barulho vindo da despensa, como se alguém estivesse remexendo em alguma prateleira, tentando não ser ouvido.

O medo foi a primeira emoção a me visitar. Nervosismo e raiva vieram logo em seguida, empatadas.

Eu estava realmente farto e exausto pelo dia. Peguei um rolo de macarrão e me dirigi com determinação e pressa em direção à porta de onde vinham os barulhos; estava trancada.

Queria me teletransportar diretamente para os dez minutos seguintes, sem ter que vivê-los de verdade.

Minha ansiedade aumentava, mas estava prestes a descobrir quem estava escondido ali.

No entanto, os ruídos pareciam ter desaparecido, como se o ser lá dentro tivesse a consciência de que alguém aqui fora estava prestes a pegá-lo em flagrante.

Espiei pelo buraco da fechadura, mas não vi nada suspeito.

Então, abri com força a porta, que bateu na parede e voltou para mim, quase fechando-se novamente.

Com a mão, segurei a porta e me vi diante de um gatinho cor de laranja, assustado e desconfiado, com lindos olhos azuis.

— E você, de onde veio? — perguntei, quase esperando por uma resposta.

A resposta veio, mas na forma de um miado assustado, acompanhado de um chiado que me permitiu ver dois caninos muito salientes e unhas muito pequenas, mas muito afiadas, que se alongavam e encolhiam repetidamente.

Ele devia ter um ano, um pouco mais. Tinha uma cor laranja rajada sombreada, com listras esbranquiçadas; parecia obra de um pintor, porque era como se sua pelagem tivesse muito mais tons do que poderia ser escrito ou contado. E descrever todos eles seria tarefa de pintores, não de escritores e muito menos de fotógrafos.

A cada palavra minha, ele torcia o pescoço, como se quisesse acompanhar com os olhos cada pequena onda sonora que chegava até sua orelha em pé.

Ao lado dele estava um balde velho, que eu havia deixado na prateleira de cima e com o qual o gatinho provavelmente havia esbarrado ao entrar pela janela, derrubando-o e causando o barulho que me chamara a atenção.

Coloquei o rolo de macarrão no chão e procurei me aproximar dele, bem devagar.

Ele estava com medo de mim.

Então, comecei a falar com o gatinho em um tom relaxado e descontraído, tentando passar o máximo de confiança.

Ele não tinha do que ter medo, eu o ajudaria a encontrar o caminho de casa. Corri para pegar uma tigela de leite e sentei-me no chão, não muito longe dele, seguindo com as palavras calmas e serenas.

O gato também se sentou, e eu tive a sensação de que, a cada segundo, seu olhar se tornava mais e mais sereno.

Para mostrar a ele minha tranquilidade e tentar transmiti-la a ele, fechei os olhos e encostei as costas na parede, aproximando-me cada vez mais do gatinho com a tigela na mão.

Cerca de dez minutos se passaram e, quando abri os olhos novamente, percebi que o gato estava ao meu lado, esticando a língua áspera em direção ao leite.

Ele continuava olhando para mim com seus olhos azuis penetrantes, e eu lentamente dirigi a palma da minha mão em sua direção.

O gatinho hesitou por um instante, mas, depois de um tempo, colocou as patas nos meus dedos e os explorou.

Parecia sentir as mesmas emoções que eu: ele havia me conhecido com medo e agressividade, e se mostrou tal qual a mim; agora, estava me vendo de outra forma, também me mostrando essa nova parte de si. Ele estava sintonizado na minha frequência, acompanhando passo a passo o meu estado de espírito.

Colocou a pata direita na minha mão e eu pude finalmente tocar seu pelo brilhante. Era muito macio, parecia um grande floco de algodão.

Enquanto isso, o sol estava se pondo, e achei melhor ele recomeçar sua viagem iluminado pela luz para não se perder; por isso, decidi convidá-lo a "encaminhar-se" em direção ao sol.

Aquele belo exemplar da mãe natureza ancorou suas patas na palma da minha mão e me apertou com força ao perceber que eu estava me levantando.

Entendi que havia ganhado sua confiança.

Caminhei lentamente até a janela e o coloquei no parapeito que me separava do jardim.

Pela primeira vez na minha vida, eu me senti como uma parte viva da natureza.

A cena mexeu comigo, e aquela sensação foi algo inusitado para mim, uma espécie de "revolução copernicana" da minha psique. Naquele dia, depois de ter vendido a casa e alcançado meu objetivo profissional, paradoxalmente me senti mais livre para aceitar meu lado emocional, até mesmo espiritual.

Será que foi porque consegui desbloquear a memória de Licia, a gata que salvou minha vida quando criança? Se eu não tivesse trazido à tona essa memória enterrada, teria acolhido aquele bichano da mesma maneira? Não sabia a resposta, mas sabia que tinha feito a única coisa que tinha que fazer.

Depois de poucos segundos, meus olhos se perderam no azul.

Deixei as janelas entreabertas.

Peguei o balde e alcancei as prateleiras para tentar colocá-lo de volta no lugar, enquanto pensava em como tinha sido estranho o encontro com aquele animalzinho.

Tive a impressão de que minha mente se enchia de percepções desconhecidas e cheias de significado.

Dirigi-me novamente até a cozinha, mas meu apetite havia passado.

Resolvi abrir a porta principal e parar ali para admirar aquele azul do céu, que já não era tão claro e nítido. Fiquei encantado com a visão, até que uma voz me chamou a atenção.

— Boa noite, Sr. Christian! Seu jardim está lindo, não?

Era a senhora Delfina, a minha vizinha.

— Boa noite! É, sim, está mesmo...

— Às vezes nem nos damos conta de que estamos rodeados por tal maravilha, só porque fazemos parte dela desde o nosso nascimento. Por isso, não conseguimos apreciar a perfeição das cores que beijam os nossos olhos. Se um cego abrisse os olhos pela primeira vez, bem diante de flores como essas, pensaria que só um louco poderia reclamar. Você não acha?

— Não sabia que a senhora também tinha ideias assim...

— Não há necessidade de contar os meus pensamentos a todas as pessoas que eu conheço, prefiro partilhá-los com quem tem sensibilidade suficiente! Não podemos ter flutuando no nosso mar de crenças, um lugar tão íntimo, pessoas que não sabem nadar, não é mesmo?

— Mas por que justo hoje me confidenciou isso, senhora Delfina? Me diga a verdade. Hoje é um dia especial para mim, me sinto diferente, mais atento a esses detalhes. Como a senhora percebeu isso também?

— A resposta já foi dada, Sr. Christian. Não é a primeira vez que o elogio por seu esplêndido jardim e pelas plantas sagradas que o habitam, mas o senhor só notou isso hoje. Eu é que deveria perguntar por quê.

Só naquele instante lembrei-me de que já havia ouvido aqueles elogios antes.

— O senhor quer parecer, claro, um pragmático, rígido — continuou Delfina —, mas na realidade uma grande sensibilidade está escondida aí dentro, e, se o senhor quisesse, poderia entender nuances que passariam despercebidas à maioria.

Até que aquela senhora havia conseguido dar uma descrição bem coerente de mim. A minha consciência, a parte externa e rígida, podia não querer aceitar aquelas ideias a meu respeito, mas percebi que, em algum lugar dentro de mim, eu havia aceitado aquela descrição perfeitamente.

Senti dentro de mim um mar agitado, capaz tanto de provocar uma mudança radical quanto de se tornar uma simples excitação inútil, que deixaria tudo como estava. Mas a maré alta interna estava chegando, isso eu podia reconhecer claramente. Aquele dia estava me ensinando algo.

Não respondi às palavras da minha vizinha, e ela interrompeu o meu raciocínio:

— Olhe aquela margarida à sua esquerda; está alimentando aquele minúsculo inseto que pousou em suas pétalas. A natureza cria relações de colaboração mútua e pacífica entre os seres. Aquela flor permite que a abelha viva com seu alimento, e a abelha permite que essa flor continue a se reproduzir, graças à distribuição de seu gameta de uma margarida para outra. A perfeição da natureza é incrível. Qual é o único ser vivo que ousa destruir o fluxo dessa ordem natural tão perfeita?

Seus olhos se fixaram nos meus, com rigor, esperando por uma resposta que claramente era retórica.

Concordei com a cabeça, mesmo que naquela opinião que não pronunciei houvesse um tanto de despeito.

Delfina abriu a bolsa e tirou um livro de história que, olhando por alto, devia ter mil páginas. Era um daqueles volumes escritos em letras bem pequenas, com as palavras grudadas umas nas outras.

Apontou para ele e me disse:

— Está vendo isto? Não é um livro, mas uma verdadeira carnificina: o que temos de mais comum são homens que, sem querer, se colocaram sob o comando das próprias sombras, e outros a quem coube a árdua tarefa de reequilibrar a alquimia natural das coisas. Pense em Heráclito, que viveu mais de quinhentos anos antes de Cristo, e em seu conceito de enantiodromia, segundo o qual todas as coisas tendem naturalmente ao seu oposto. Aqueles que se deixam guiar pela própria sombra acabam permitindo justamente a chegada dos cavaleiros da luz, pessoas que precisam, em algum momento, descobrir que possuem esse dom guardado, latente. Se nunca ficássemos doentes, não poderíamos entender o que realmente significa nos sentirmos bem. E se não tivéssemos fome? E se não houvesse inverno? Quantas torturas atrozes o homem cometeu ao longo do tempo, tanto à natureza quanto aos seus semelhantes? Pensava poder dominar a flora e a fauna, matar para se sentir poderoso, e ainda assim desejando simplesmente viver feliz.

"Não existe outra espécie no mundo que mate por interesse, e não por pura sobrevivência: o homem estará sempre nessa busca contínua e desesperada de algo que não pode descrever, mas a que chama felicidade. E o que é a tão almejada felicidade? Talvez a ausência de dificuldades ou o fim de todos os problemas, como supõe a maioria das pessoas? Não. Felicidade é *superar* as dificuldades, os problemas, é aquele breve intervalo em que tudo retorna à lei natural do equilíbrio entre os opostos.

"Mas preste atenção ao peso dessas palavras que eu acabei de dizer: por acaso 'equilíbrio' é sinônimo de 'paz' ou de 'estabilidade'? Nem uma coisa nem outra! 'Equilíbrio' é uma palavra inquieta, que vive exclusivamente de tensões. O equilíbrio só existe quando há uma constante tensão interna entre pelo menos duas forças opostas. Cada um dos nossos momentos de equilíbrio é resultado de um trabalho incessante de negociação interna. Acima de tudo, não é a anulação das tensões, mas ocorre quando essas tensões estão em sua potência máxima. Se as forças conseguem conviver sem que uma prevaleça sobre as outras, então nos sentimos em equilíbrio."

Ela fez uma breve pausa antes de concluir:

— Acredite, senhor Christian, quando expresso meus pensamentos, não desejo que o senhor alimente um ódio pela humanidade. Só gostaria que sua geração e a dos mais jovens fossem capazes de aguçar sua visão; nós, idosos, podemos ter sonhos, mas são os jovens que criam visões a partir desses sonhos, incorporando-os para enfim salvar o mundo.

Quando vi que seu monólogo havia terminado, perguntei:

— A senhora dava aulas de história e de filosofia?

— Sim, quando era jovem! E literatura também, não se esqueça.

Era uma senhora empática e divertida, ainda que à primeira vista não parecesse, devido à sua atitude severa e à sua voz empostada e decidida. Tinha as feições muito delicadas, e seu rosto estava à vista, emoldurado por volumosos cabelos castanhos que ela costumava prender.

— Sempre amei filosofia. História, um pouco menos — eu disse, em tom sonhador. — Lembro-me das tardes passadas lendo os filósofos mais interessantes. Mas, infelizmente, desde que o trabalho começou a absorver a maior parte das minhas energias, a minha atitude também mudou. É como dizem: tudo flui, né? Não se pode nadar contra a correnteza.

— Realmente acredita que fechou a porta para o que está além da razão e do puro lucro imediato? Sente-se realizado com o seu trabalho, e tudo isso lhe parece suficiente?

Sua pergunta tocou o vazio que eu carregava dentro de mim.

— Ultimamente têm acontecido algumas coisas... Talvez o coração e a razão estejam voltando a se falar — sussurrei, sorrindo.

— E, se me permite, o que fez esses dois motores se aproximarem novamente? — insistiu ela.

— Talvez eu esteja me dando conta de que a vida quer que eu aprecie o sentido de certas coisas. Talvez o que chamamos de "acaso" precise ser analisado um pouco mais a fundo. Uma pessoa me fez refletir sobre as mensagens que cada um de nós transmite, mesmo que inconscientemente, ao outro. Outra pessoa se mostrou fascinada pela natureza cíclica do tempo e pela repetição contínua das emoções humanas.

— Me lembra um pouco o pensamento estoico e schopenhaueriano! — disse ela.

Seu olhar se perdeu em um ponto do gramado. Era como se eu tivesse pronunciado uma fórmula mágica, que tivesse enfim bloqueado sua intrépida tagarelice.

— Está ficando tarde, o tempo voou, preciso entrar — disse a senhora Delfina, então. — Adorei nossa conversa, senhor Christian.

— O prazer foi meu, senhora Delfina, como sempre.

Aproximei-me da porta da minha casa, mas imediatamente mudei de ideia e corri atrás da vizinha.

— Desculpe! — gritei, dirigindo-me a ela. — Sei que pode parecer uma pergunta estranha, mas por acaso a senhora viu uma pessoa se aproximando da porta da frente da minha casa esta manhã?

Eu esperava que ela me desse a resposta que eu estava procurando.

— Claro! — respondeu ela. Meus olhos brilharam: finalmente eu saberia quem era o remetente dos bilhetes.
— O carteiro! — continuou a senhora Delfina, no entanto.
— Para dizer a verdade, ele não chegou à porta da frente... Só deixou alguns envelopes nessa caixa do lado de fora. Eu vi tudo, porque estava saindo naquele momento.

— Mais ninguém? — perguntei de novo.

— Não, ninguém... Olha, durante o dia também faço outras coisas além de cumprimentar os vizinhos — respondeu ela, com um leve sorriso que mostrava parcialmente os dentes.

— Tudo bem, obrigado mesmo assim. Até logo.

Meu inseparável companheiro de vida, o relógio, com seus ponteiros brilhantes que sobreviveram ilesos a todas as modas e a todas as mudanças de estação, marcava vinte horas e vinte minutos.

O dia passava o bastão para a noite, o céu pintava o horizonte montanhoso de violeta com tons rosados, e a noite estava prestes a começar a reviver aquele dia também.

Poucos minutos separariam o sol do outro hemisfério do globo.

Embora tivesse dormido durante a tarde, sentia-me exausto; aquele dia representou para mim, mais do que nunca, uma prova de que o trabalho mental e psíquico era algo muito cansativo, capaz de minar nossa energia.

Eu me dei conta de algo que desconhecia até poucas horas antes: o que obrigava minha mente a ir um pouco além da razão e da lógica acabava por absorver todas as minhas energias, como uma esponja.

Era como se a tentativa de ir além do pensamento tido como comum abrisse um pequeno buraco na camada protetora da consciência. Assim, o mar do inconsciente irrompia, dificultando inclusive o trabalho da consciência, que não sabia nadar, mas se esforçava constantemente para permanecer à tona. Bem, era muito cansativo.

Inconscientemente, eu havia juntado o estresse do trabalho com o medo que senti pela ambiguidade que aquelas mensagens manuscritas ocultavam, e tudo se entrelaçou com o interesse que alguns temas despertavam em mim.

Dirigi mais uma vez meu olhar ao horizonte e pensei novamente naquele lindo gatinho e em seu destino, certo de que ele havia encontrado o caminho de casa.

Perguntei-me onde ele estaria correndo naquele exato momento. Talvez estivesse descansando depois do medo que sentiu ao ver um ser humano tão de perto, talvez estivesse contemplando a imensidão e a beleza daquele céu pitoresco e colorido.

Esfreguei a sola dos sapatos no capacho e entrei em casa.

Fechei a porta e fui em direção ao banheiro.

Remoí pela enésima vez todos os acontecimentos do dia. Queria refletir profundamente sobre eles, a fim de evitar que no dia seguinte eu seguisse perturbado por meus pensamentos. Queria desatar todos os nós daquele dia e aproveitar o seguinte como se fosse uma festa merecida, quando tudo correria bem e sem complicações. Afinal, eu estava ficando mais rico. Era esse meu objetivo.

Eu o tinha alcançado, mesmo que ainda não tivesse comemorado dignamente.

Decidi que passaria as próximas vinte e quatro horas longe da minha cidade, em um lugar cheio de gente, onde pudesse me distrair. Faltavam ainda cinco dias para o retorno de Diana, então ainda havia muito tempo para pensar em como recebê-la e em como poderíamos celebrar juntos essa notícia maravilhosa. Seria realmente uma surpresa que a deixaria feliz, permitindo que fizéssemos ainda mais projetos.

Lembrei que na cidade vizinha estava acontecendo uma festa em homenagem à padroeira, e lá, em meio ao caótico vaivém de pessoas tão característico desses eventos, eu certamente encontraria uma forma de não pensar nos problemas e nas dúvidas que vinham me assolando.

Além disso, já havia se tornado um hábito para mim passear por aquela rua repleta de barracas de antiguidades e curiosos.

Ao olhar-me no espelho, sorri para mim mesmo, fantasiando em comprar algo bonito para terminar de decorar a casa.

Um bom banho fresco me ajudou, e fez com que o estresse acumulado em doses cavalares fosse embora junto da água com sabonete.

Saí do banheiro e fui em direção àquela cama que me acolheu por tantas noites: levantei o lençol e, como um caracol encontrando sua concha, deslizei para baixo dele.

As venezianas estavam fechadas, ainda que deixassem entrar uma leve brisa, e eu tinha a intenção de dormir por bastante tempo.

Programei o despertador para as sete horas.

Apaguei a luz que iluminava o quarto e cerrei as pálpebras.

Aos poucos, fui dominado pelo início de um sonho. Veio a mim a imagem de uma extensão infinita de prados.

Todos eram exuberantes, coloridos e cheios de brotos e frutos.

Uma abelha balançava em uma pétala, e era como se brincasse com ela enquanto se alimentava de seu pólen.

Assim que visualizei a pétala oscilante, a lembrança de Attilio veio à minha mente. Imaginei que o balanço da flor poderia ser uma prova de sua teoria sobre a vida: ela poderia ser empurrada com toda força para o norte ou para o sul, em um movimento que a desequilibraria completamente, mas, mais cedo ou mais tarde, numa questão de tempo, ela tocaria de novo aquele lado para onde não imaginava mais voltar.

Pensei que gostaria de conhecer aquele homem e conversar um pouco mais com ele, exatamente como Michael fez.

Senti-me leve com esses pensamentos. Aliás, muito leve, e imaginei minha silhueta, que até então eu sentia, mas não conseguia observar, erguendo-se do chão.

A partir daquele momento, não apenas observava aquele sonho, mas eu o vivia diretamente, dentro de mim mesmo.

Vi meus pés se levantarem e tocarem os brotos e senti uma sensação de vertigem me percorrendo desde as orelhas até afetar minha visão.

O horizonte parecia-me turvo, e senti medo.

Porém, apenas um segundo depois, sentia-me muito bem.

Sentia-me extraordinariamente leve e fui capaz de observar tudo de outra perspectiva.

Eu não precisava de mais nada.

Estava livre e podia sentir as batidas do meu coração cada vez mais serenas.

Notei que todas as formas vivas daquele lugar eram exuberantes e tinham uma auréola cintilante ao seu redor.

Era como se brilhasse um sol diferente para cada forma viva.

Continuei a levitar, e a incerteza que senti inicialmente transformou-se em confiança. Em seguida, senti apenas uma vontade louca de continuar a voar naquele cenário tão enriquecedor.

Nunca me senti tão à vontade. Parecia que eu era novamente aquela criança que queria a todo custo continuar brincando no jardim, mesmo que o sol já tivesse se posto.

O céu estava completamente azul, e decidi que queria tocá-lo.

Eu desejava experimentar essa sensação, e por isso estiquei-me e senti uma espiral de energia fluindo em direção ao meu coração.

Estendi o braço na direção do sol, mas foi então que me veio uma sensação de perigo: uma nuvem cinzenta densa, muito estranha, se aproximava. Parecia uma nuvem de fumaça e vinha em minha direção rapidamente, mesmo sem contaminar o azul do céu.

Um estrondo muito forte me fez estremecer de susto, e então notei que aquela nuvem intrusa tinha uma forma:

era como uma chama branca, cercada por um rastro esverdeado que havia atingido o céu e vinha até mim e em direção às flores próximas. Alguém havia detonado uma bomba.

Por um momento, senti que a situação estava sob controle, mas outro estrondo, dessa vez atrás de mim, abalou minhas certezas e me fez estremecer novamente.

Virei-me e vi o mesmo tipo de nuvem aproximando-se ameaçadora do lado oposto.

Era outra nuvem cinzenta que tinha acabado de se formar e já estava vindo para me atacar.

Senti muito medo e achei que iria morrer.

Os meus batimentos cardíacos estavam muito acelerados, quase arrebentando meu peito. Comecei a ficar ofegante, senti que mal conseguia continuar respirando.

A vertigem recomeçou, perdi o equilíbrio, que até então me permitia voar, e caí.

A poucos centímetros do chão, abri os olhos e me dei conta de que estava deitado na cama, mas do lado oposto de quando havia deitado. Meus pés estavam apoiados no travesseiro.

Alguma coisa estava roçando meu braço direito, e não era um sonho. Virei-me e percebi com espanto que o gato laranja que havia conhecido algumas horas antes agora estava lambendo meu pulso com sua língua muito áspera.

— Ei, você, o que está fazendo?

O animal recuou até quase cair da cama e começou a miar irritado.

— Você realmente gosta daqui — disse eu, sussurrando.

Ele endireitou as costas e arrepiou o pelo, como se quisesse imitar um pavão e provar que era mais adulto e mais ameaçador, mas não chiou.

— Quer um pouco de leite? Já é de manhã.

O gato desceu da cama com um pulo duplo, tropeçando no lençol, e começou a miar, esticando seu lindo rabo.

Tudo bem, então...

III

Levantei em um salto, para não dar espaço à ideia de me agarrar de novo ao travesseiro.

Queria me dedicar ao presente e aproveitar a luz daquele novo dia.

Qualquer emoção seria bem-vinda: era sinal de que eu estava vivo.

Coloquei uma calça bege e uma camiseta preta de algodão, ignorando o paletó e a gravata que eram meu uniforme diário havia anos. Senti-me perfeitamente à vontade com aquelas roupas, como se fizessem parte de mim.

Coloquei um pouco de leite em uma tigela e ofereci ao gato, que bebeu com vontade, deixando os bigodes encharcados enquanto engolia. Como era possível beber de cabeça para baixo e respirar ao mesmo tempo era um segredo que aquele animal guardava com zelo.

Resolvi tomar café da manhã no bar, mesmo que isso significasse abrir mão do meu ritual matinal da cafeteira italiana, que, aquecida, exalava por toda a casa um delicioso aroma de café moído. Eu já poderia ter comprado uma máquina de café automática, mas nunca cedi à tentação. Abençoado seja aquele barulho do café subindo lentamente, expelindo o aroma de um novo dia como um vulcão inocente. O café feito em uma cafeteira italiana sabe esperar, e é preparado com calma, para que tenha um sabor autêntico: primeiro chega ao ouvido, depois atinge com intensidade o olfato, umedecendo-o, e só no final nos presenteia com o paladar.

Mas aquele dia tinha que ser diferente desde o início.

Decidi, então, ir contra o hábito e tomar café da manhã no bar, como não fazia havia anos.

Para chegar à cidade onde estava acontecendo a feira de São Lourenço, teria que pegar a rodovia. Antes, passaria pelo centro comercial, aquela seria a primeira parada.

O carro estava estacionado como sempre em frente a casa, e, depois de gentilmente pedir ao gato que saísse também, girei a chave na porta duas vezes.

O céu estava escuro.

Havia muitas nuvens cobrindo aquele sol fraco da manhã.

Abri a porta do carro, sentei-me no assento do motorista e verifiquei imediatamente tanto os bancos quanto o painel.

Não notei nada de estranho, nenhum novo pedaço de papel para mim. Mas que boa notícia!

O gato pulou no carro antes que eu conseguisse impedi-lo.

— Ei, cara, você não pode entrar aqui!

Minhas palavras, inúteis, se desvaneceram na leve e agradável brisa matinal. Ele se acomodou no banco do passageiro.

— Não quero ser chato, mas esses bancos são de couro, meu rapaz. Vai acabar estragando, você não pode ficar aqui...

Tentei estender a mão na direção do gato, mas ele me olhava com tanta intensidade que desisti de pedir que ele descesse pelo espaço entre o volante e o câmbio. Não era um olhar ameaçador, como poderia parecer à primeira vista, pois se observasse com atenção pareceria mais uma súplica inocente, um terno pedido de ajuda. Respirei fundo, esfregando os olhos com dois dedos da mão direita e acabei franzindo a testa, coçando insistentemente os cabelos e depois massageando a barba. Levantei e baixei os dois braços, como se me rendesse ao meu cúmplice de olhares.

— Você sabe quanto custa esse carro?

Não tinha o que fazer, aquele gato não queria saber de sair e continuava a me olhar do mesmo jeito.

— Talvez sua mãe esteja procurando por você, deve estar preocupada! Talvez você tenha irmãos esperando por você, o que me diz? Ok, quer ficar no meu jardim, pode ficar lá, mas não no carro. Você me entende, certo? E se começar a afiar as unhas nos bancos?

Passamos dez minutos em total silêncio. Eu olhava para a frente e ele intermitentemente para a janela e depois para os meus olhos. Diante daquele olhar, eu me sentia impotente. Aquele gato tinha uma expressão gentil, terna e astuta, e eu sentia que só tinha duas opções: assegurar-me que meus preciosos bancos não seriam estragados ou render-me ao amor incondicional daquele serzinho tão expressivo.

Eu sabia que nossa relação tinha chegado a um divisor de águas naquele momento, do qual seria muito difícil voltar atrás; se eu o tivesse expulsado com brutalidade, ainda me sentiria digno de merecer aquele olhar que fazia me sentir tão importante? Era como se aquele gato estivesse vendo algo em mim que ninguém mais tinha visto desde que eu era criança. Quando se conquista uma posição profissional, quando sua conta bancária está gorda ou quando se tem uma aparência física que pode agradar, é comum a gente pensar: "Quem está ao meu lado gosta de mim ou quer algo em troca?". E isso ocorre porque as pessoas são muito propensas a confundir o verbo "ser" com o verbo "ter". Bem, aquele gato me dava uma certeza: ele não queria vir comigo porque eu tinha um Porsche, ele só queria uma coisa, que era sentir-se em casa comigo. Em qualquer momento, em qualquer lugar.

Liguei o motor e, com ele ao meu lado, afastei-me do bairro onde morava. Com muita calma e olhos ainda sonolentos, entrei na rodovia.

A feira ficava a cerca de trinta quilômetros de casa, estendendo-se por mais de dois quilômetros em uma área inteiramente fechada para pedestres.

O desvio à minha direita indicava o centro comercial: finalmente tinha chegado ao encontro marcado com o café.

Dei seta e entrei, estacionando o carro em uma das poucas vagas restantes. Era como se todas as pessoas da rodovia estivessem reunidas naquele estacionamento.

Desliguei o motor, o gato estava dormindo, deixei ele no carro e me aproximei da entrada.

Depois de subir os degraus de dois em dois, passei pela porta giratória e entrei. A temperatura estava muito baixa, alguém havia exagerado no ar-condicionado, e o local ainda brilhava com tinta fresca. As paredes eram de um branco puro, e todas as prateleiras eram de um vermelho brilhante, abarrotadas com os itens mais diversos. O chão quase refletia de tão minuciosamente limpo, e o caixa brilhava no mesmo vermelho das prateleiras.

A moça do balcão estava cercada por cerca de vinte pessoas que seguravam o recibo, prontas para serem servidas. Havia vários tipos: o advogado de carreira, o turista estrangeiro, o andarilho em busca de novos horizontes. A confusão e os contínuos sons vindos da caixa registradora dominavam a cena.

Dei uma olhada na vitrine de brioches e escolhi um com geleia. Ocupei o tempo da espera prestando atenção aos filmes expostos à minha esquerda e folheando alguns livros na estante abaixo.

Quando finalmente fui servido, levei meu café da manhã para uma das mesas livres e sentei-me. As mesas eram redondas e não acomodavam mais de duas pessoas ao mesmo tempo.

Eu gostaria de ler pelo menos as manchetes do jornal disponível para os clientes, mas seria uma longa espera. Um exemplar do jornal estava nas mãos de um homem que parecia absorto por uma extrema calma. Ele tomava um gole da xícara a cada intervalo de três a cinco minutos.

Seu rosto não era estranho para mim, e percebi que batia perfeitamente com a descrição de Attilio dada por Michael.

Tinha cabelos brancos e grossos e usava uma camiseta de manga curta, graças à qual era fácil ver a tatuagem de mandala que cobria todo o antebraço. Observei-o ainda mais, em busca de provas definitivas de minhas suposições.

Ele interrompeu a leitura e de repente olhou para mim, distraído. Imediatamente desviei o olhar do dele e tive a nítida impressão de que o havia incomodado com aquela atitude.

E tinha mesmo, mas eu queria ter certeza sobre a sua identidade. Alguns momentos depois, ele voltou o olhar para o jornal, até fechar lenta e precisamente suas páginas.

Decidi que me apresentaria a ele como um amigo muito próximo de Michael.

Attilio levantou-se e pareceu ter se esquecido completamente da minha presença. Despediu-se da ocupada moça do balcão em tom de brincadeira, como se eles se conhecessem havia muito tempo, e dirigiu-se para a saída, passando pela porta giratória. Eu, ofegante, empurrei a cadeira para longe da mesa e me levantei. Saí do local e reconheci sua silhueta entrando no banheiro, que ficava na parte externa do centro comercial.

A princípio resolvi esperar por ele, mas depois lembrei que havia duas saídas. Uma ficava bem na minha frente e a outra dava para o segundo estacionamento, lotado de carros, localizado no lado oposto.

Não tive escolha: para falar com ele teria que ir ao banheiro.

Certamente não o incomodaria ali dentro, mas pelo menos poderia observar para onde iria. Sentia que aquele homem poderia me ajudar a encontrar as respostas que procurava dentro de mim.

Decidi não me deixar levar pelas muitas dúvidas que me assaltavam e abaixei aquela maçaneta.

Entrei em um longo corredor que conduzia a dois banheiros: um reservado aos homens e o outro, às mulheres. As luzes neon, dispostas em uma longa fila central, conferiam a tudo uma cor híbrida, que perturbava os meus olhos sensíveis.

O silêncio dominava o local, o que me pareceu muito estranho.

Continuei caminhando lentamente.

Aquele lugar não tinha nada em comum com o centro comercial onde estava minutos antes.

Eu estava agora em frente à robusta porta do banheiro masculino. Peguei na maçaneta e empurrei a porta com cuidado.

Não havia ninguém, o banheiro estava vazio.

Saí e procurei Attilio no estacionamento. Nada.

Talvez tenha sido melhor assim, pensei. Ele me acharia maluco: quem pararia uma pessoa na rua para falar dessas coisas? E depois, a justificativa de Michael? Patética... O que estava acontecendo comigo?

— Fique calmo, por favor, Christian. Você não precisa falar com ninguém, nunca precisou.

Era a minha voz interior. Ela era capaz de falar de forma desapegada, insensível e conformada, mas, quando se juntava às emoções, era outra história.

Voltei para o carro. Ao aproximar-me, vi o gato muito agitado, passando de um banco a outro.

— O que aconteceu? — perguntei, abrindo a porta.

Ele imediatamente foi para debaixo do banco, deixando apenas as orelhas de fora.

Havia uma folha de papel branca no tapete do lado do passageiro. Eu não queria acreditar que era mais uma daquelas mensagens estranhas para mim. Levei os braços para cima e depois agitei-os para baixo, em sinal de rendição.

— Mas o que querem de mim? Não posso ter paz nem ao menos um dia?

Percebi que tinha falado em voz alta e imaginei que o autor da mensagem não perderia esta cena. De que adianta deixar alguém emocionalmente perturbado e não ficar para assistir?

No meio daquele estacionamento lotado estava a pessoa que eu procurava, eu tinha certeza. O Sr. Carter estava em algum lugar, eu estava convencido disso. Comecei a andar de um lado para o outro, como se tivesse perdido minha carteira e estivesse ziguezagueando entre os carros em busca de uma nota de dinheiro ou da carteira de identidade que voou.

Pensei que talvez ele estivesse com um carro diferente, caso contrário seria muito fácil reconhecê-lo. A busca ficou mais complexa, já que eu teria que olhar para dentro dos carros e não apenas por fora. Apertei os olhos para visualizar bem o rosto do Sr. Carter em minha mente; lembrei-me de cada detalhe, do bigode aos olhos, das pontas dos cabelos ao físico imponente.

Respirei profundamente, vencido. Voltei para o meu carro, tentando parecer casual. Eu o tinha trancado antes de sair, estava certo disso. Como alguém colocou aquele pedaço de papel ali?

A resposta foi muito simples: eu tinha deixado a janela do passageiro ligeiramente aberta, na largura de apenas um dedo, para que o gato não se sentisse fechado e para que o ar pudesse circular.

Sentei-me, peguei a folha de papel na mão e virei-a.

Para encontrar as respostas, é necessário saber procurar
as perguntas certas.
Na primeira saída, logo atrás da aparência
está o renascimento.
É uma estrada para poucos, não é cheia de glória,
mas basta seguir as pedras,
elas conhecem o mapa do mundo inteiro
porque são eternas e sua linguagem é universal.

Olhei para o gato, que lambia o pelo da pata, esticando a coxa com muito esforço. Ele havia se acalmado, o equilíbrio havia dominado suas emoções. Aquele gatinho sabia muito mais coisas do que eu, guardava o segredo desses dias estranhos: ele tinha visto o autor da mensagem, e aquela visão o perturbara visivelmente.

— Se você soubesse falar, gato... O que esta mensagem quer me dizer? Parece uma caça ao tesouro, mas sem mapa.

Comecei a acariciá-lo, e ele imediatamente subiu de volta ao banco.

Talvez existisse um mapa, só que feito de palavras. "A primeira saída"... Será que se referia à rodovia?

Aceitei o convite para jogar.

A poucos quilômetros de distância, havia uma cidade conhecida por um grande shopping e pelas suas colinas frias.

Meu medo e nervosismo passaram. Meu propósito era claro, eu estava determinado a ir até o fim. Ter um objetivo é um antídoto infalível para o medo, é como criar um pacto de sangue entre a dúvida e a coragem. Saí sem pensar duas vezes e sobretudo sem sentir necessidade de vasculhar novamente os carros ao meu redor.

Dirigi por alguns minutos, sem nem perceber que estava pisando fundo no acelerador. A bateria do carro elétrico estava prestes a terminar, mas felizmente o shopping se encontrava muito perto de mim. Peguei a rua que levava aos estacionamentos e parei na área mais movimentada.

Finalmente desliguei o motor e fiquei alguns minutos sentado. À minha direita notei uma escadaria coberta por plantas, estendendo-se para dentro de uma espessa e exuberante vegetação selvagem.

Olhei para cima e notei uma encantadora colina de vegetação rala, cujo cume, camuflado por uma infinidade de árvores vigorosas, ficava a vários quilômetros daquela escadaria.

Entre os arbustos, no chão, despontava uma placa de ferro devorada pela ferrugem.

Resolvi sair do carro e ir até lá. Estava curioso para saber o que dizia aquela placa e para descobrir que lugar era aquele.

Pairando atrás da colina, havia uma tenebrosa nuvem cinza, e era como se o verde majestoso daquela zona selvagem fosse refletido no céu escuro daquele dia, quase iluminando-o.

Peguei com cuidado a placa que estava no chão e a virei. Não era fácil de ler, porque a ferrugem havia corroído as palavras. Parecia que a natureza havia se rebelado, envolvendo aquela placa com uma hera resistente que tentava destruir as substâncias químicas que a compunham.

Graças à intuição, acabei por entender o que dizia: ÁREA DE REPOVOAMENTO, PROIBIDO CAÇAR.

Imediatamente meus pensamentos voaram para os encontros que tive com os animais no dia anterior, e pensei na tranquilidade que aqueles momentos tinham me proporcionado.

Quem sabe quantas espécies aquela área natural abrigava!

Coloquei a placa na grama verdejante, ao lado dos meus pés, e finalmente tomei uma decisão. Tinha que visitar aquele lugar, com certeza faria que eu me sentisse melhor.

Voltei para o carro e pela janela vi o olhar brilhante e entusiasmado do gato laranja. Parecia feliz, esfregando o pelo na porta e tentando coçar o pescoço fazendo movimentos circulares com a cabeça.

Abri a porta e ele, espreguiçando-se, saiu do carro e começou a roçar nas minhas pernas, desenhando um círculo. Não se importou com os carros, nem passou pela cabeça dele caminhar em direção a eles, aquele gato correu em direção à grama e imediatamente foi inspecionar aquela placa que eu havia tocado antes.

Parecia que ninguém prestava atenção aos meus gestos, e de repente me senti mais confiante.

O céu estava acinzentado.

Em alguns momentos, eu podia ver a luz do sol tocando as copas das árvores. Comecei a andar, dando um pequeno salto para enfim colocar os pés na grama.

Então, caminhei pelas escadas estreitas e cheias de musgo que me acompanhariam no início dessa minha nova viagem. O gato, a quem decidi chamar Joshua, veio comigo.

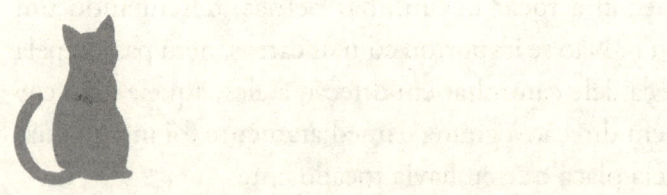

IV

Uma leve brisa acariciou meus cabelos, deixando meus pensamentos mais relaxados. Subi o primeiro degrau da escada e olhei para cima.

Havia cerca de vinte degraus de pedra, subindo assimetricamente em direção à colina. Ramos robustos e floridos cercavam a passagem.

Assim que subi o terceiro degrau, percebi também que no final daquela escada havia um caminho sinuoso que levava para o alto.

Afastei um dos arbustos espinhosos que bloqueavam minha passagem para chegar ao topo da escada.

Perguntei-me por que razão absurda aqueles degraus de pedra tinham sido construídos. Eles aparentemente não levavam a lugar nenhum e terminavam sem mais nem menos em frente a uma floresta exuberante. Seriam talvez pedras naturais? Ou alguém colocara a escada ali de propósito, por alguma razão desconhecida? Instintivamente, eu havia decidido subir o caminho por eles, embora pudesse simplesmente tê-los ignorado, abrindo meu caminho por outro lado.

Enquanto eu subia, Joshua seguia sempre um pouco à minha frente, virando-se de tempos em tempos, como se quisesse entender a causa da minha lentidão. A cada canto insistente de pássaro, ele inclinava as orelhas em sua direção.

Em determinada altura, uma sequoia gigante, de tronco ereto e copa cônica, dominava meu olhar. As folhas verdes e em forma de agulha brilhavam, e suas pinhas se destacavam como se fossem pinturas, enquanto a casca marrom e avermelhada dava a ideia de uma armadura, de tão grossa e cheia de fendas que era. O tamanho daquela árvore me fez sentir como um inseto microscópico, e percebi quão minúsculo o homem e seu mundo *construído* eram, se comparados à grandiosidade do mundo *criado*.

Continuamos a subir pela estrada de terra de curvas contínuas, como se fosse uma escada em caracol. Eu não conhecia outra forma de descrever a paisagem ao meu redor senão comparando-a com o mundo industrial, como se a sociedade tivesse sido a verdadeira criadora do mundo e a natureza tivesse, depois, se adaptado para construir uma vegetação à imagem e semelhança das invenções humanas. Percebi como era limitado e ridículo o meu conhecimento de mundo como cidadão, se comparado ao de outro ser vivo.

Eu não conseguia calcular quantos metros tinha subido em relação ao shopping, porque aquelas árvores imensas dominavam completamente as laterais do cenário e só me permitiam ver a perfeição de suas folhagens. Nada mais.

Depois de caminhar cerca de vinte minutos, resolvi parar para descansar e refletir sobre o que fazer. Eu já me sentia calmo o suficiente para pelo menos *tentar* esclarecer as coisas para mim mesmo.

O farfalhar do vento e os ruídos límpidos daquele ambiente natural foram suficientes para que a conversa antes incessante na minha cabeça fosse enfim coberta por um desejado véu de tranquilidade.

Percebi que muitas espécies vivas habitavam os inúmeros galhos que cercavam meu caminho. Joshua estava comigo e desde o início de nossa jornada naquela colina se mostrou obediente. O gato seguia cada aceno meu, e seu comportamento era o oposto ao que apresentava na cidade.

Um movimento repentino da folhagem me assustou, chamando minha atenção de imediato.

Havia um número incalculável de arbustos amarronzados, com ramos tão grossos e próximos uns dos outros que era impossível discernir com os olhos a causa daquele barulho.

Resolvi não dar tanta importância ao som, já que me sentia perfeitamente à vontade naquele lugar, como se tivesse retornado ao meu estado original de ser humano, um a que eu pertencia antes mesmo de estar vivo.

Joshua e eu nos sentamos em uma rocha. Fiquei imóvel, contemplando a paisagem, procurando clarear os pensamentos que enchiam minha mente. Apoiei os cotovelos nos joelhos e esfreguei os olhos vermelhos pelo uso diário de lentes de contato, fechei as pálpebras por alguns minutos e me concentrei nos sons doces e harmoniosos da natureza.

Foi quando, a poucos metros de mim, entre folhas e pétalas de flores, vi algo que, eu tinha certeza, não estava ali instantes atrás.

Dei uma olhada na área com cuidado e então caminhei até aquele objeto, a única coisa que parecia fora do lugar, e peguei-o.

Era um papel razoavelmente grande, dobrado em quatro partes.

Centralizado perfeitamente em relação ao comprimento e à largura da página, estava escrito:

Vejo
seu cume sacrificando-se para abraçar o céu.
Ouço
o farfalhar de seus habitantes que tanto te amam
e te respeitam.
Toco
o amor e a paz que te acompanham
e já estão em mim
camuflados entre os caminhos dos meus sentidos.

Instintivamente, amassei aquele pedaço de papel e coloquei-o no bolso da calça.

Fiquei ali parado observando, galho após galho, fruto após fruto, a floresta que me rodeava.

Não tinha comigo a mensagem deixada debaixo da porta da minha casa, nem mesmo aquela colocada no painel do carro, mas tinha certeza de que o remetente era o mesmo. Percebi que tinha seguido todas as indicações contidas nas mensagens. Era como se tivesse de fato parado em uma caça ao tesouro, em que o tesouro poderia ser a descoberta da identidade do remetente, ou talvez da minha própria. Considerei todas as possibilidades, até as mais improváveis, terminando em um beco sem saída.

Não vi ninguém por perto, mas a agitação tomava conta do meu coração.

Não estava com medo, queria conhecer toda a verdade, o mais rápido possível.

No entanto, o desconforto que eu sentia por dentro era sufocante. Eu me sentia uma marionete nas mãos de alguém que tomava as decisões sobre o que eu deveria fazer a cada passo e, acima de tudo, moldava e brincava com as minhas emoções, deixando-me desamparado e iludido ao pensar que eu era o único no controle de mim mesmo.

Um vento forte soprou por baixo da minha camiseta, causando arrepios por todo o meu corpo.

O céu parecia realmente ameaçador e, justo quando comecei a temer a chegada de uma forte chuva, as primeiras gotas molharam meus braços nus.

Joshua e eu precisávamos encontrar um abrigo.

Por toda a estrada, não havia visto nada do tipo, e correr para o estacionamento certamente teria garantido o que eu queria evitar.

No entanto, dei alguns passos à frente e percebi que bem perto dali havia uma pequena cabana, ideal para nos proteger da água.

Tinha sido construída de forma rudimentar, com simples tábuas de madeira. Eu me aproximei, abri aquela portinha entreaberta e entrei.

— Vamos, Joshua! — chamei-o, usando pela primeira vez o nome que lhe dei.

Havia sido uma escolha instintiva, cuja razão me escapava, uma vez que não conhecia ninguém com esse nome, muito menos um gato. Só mais tarde descobri que Joshua significa "salvador".

A cabana era muito pequena, e por dentro parecia ainda mais. Mas tinha sido construída com cuidado. Não havia nenhum sinal que testemunhasse a presença recente de um ser humano por ali.

Agachei-me, enquanto Joshua se esfregava em minhas pernas e ronronava.

Pensei e repensei naquele papel que tinha acabado de encontrar.

Tive a impressão de que falava da mesma montanha mencionada nas mensagens anteriores. Cada vez mais, eu me convencia de que era o peão central de uma série muito complexa de causalidades.

Eu queria ir a fundo nisso, de uma vez por todas.

O tamborilar da chuva que batia no telhado da cabana escondia os ruídos da mata; os pássaros haviam parado de cantar, e agora se escondiam nos ninhos, esperando o retorno do sol.

Graças a uma fresta entre uma viga e outra, eu podia observar a situação lá fora. Até que, atrás de mim, ouvi a porta se abrir lentamente.

Me vi diante de um homem imponente, muito alto e de ombros largos, com dois olhos grandes e escuros, emoldurados por sobrancelhas grisalhas grossas que quase cobriam seu olhar, o nariz pronunciado e a barba bem cuidada. O cabelo parecia meticulosamente composto e penteado.

Vestia um colete bege, que deixava à mostra uma camisa cinza, e uma calça preta perfeitamente limpa.

— Bom dia! — exclamou ele, sem nem me dar tempo de justificar minha presença naquela cabana. — Não queria se molhar, né? — perguntou-me sorrindo. — Meu nome é Leonard — apresentou-se, estendendo a mão.

Permaneci hesitante, olhando para ele, mas depois decidi me aproximar para apertar sua mão.

— Prazer, Christian.

— Sorte sua que eu ampliei essa cabana — continuou o homem.

— Por quê... É sua? — perguntei, surpreso.

Pela sua apresentação, traje e aparência bem cuidada, ele parecia um homem com uma bela carreira.

— Sim! — respondeu ele com orgulho. — Por quê? Não é do seu agrado?

— Não, não. Não tenho o que dizer — respondi. — É que o senhor me parece um tipo... um cidadão, um homem ambicioso.

— Quer dizer um materialista? Uma daquelas pessoas que pensam que o mundo não é nada se não tiverem dinheiro? Era isso que queria dizer?

— Bem, não exatamente isso... mas talvez eu o tenha confundido com um tipo de pessoa diferente do que realmente é.

Joshua estava calmo. Aquele homem grande e de olhar astuto não lhe causava preocupações, tanto que começou a afiar as unhas na parede da cabana.

— Pare com isso agora, Joshua, já chega! — repreendi-o.

— Deixe ele, deixe ele — Leonard interrompeu. — O gato se sente em casa, as coisas são feitas para serem usadas, é uma honra ter alguns autógrafos de uma criatura tão encantadora.

— Posso perguntar por que o senhor construiu uma cabana como esta aqui?

— Respondo com prazer: sou dono da Golden Tower, a empresa farmacêutica, conhece?

Fiquei de boca aberta.

— Sério? É uma das empresas mais importantes do país.

Naquele momento me lembrei de onde já tinha visto aquele homem: notícias do Google, vários jornais, tanto de economia quanto de fofoca, devido a relacionamentos com algumas das mulheres mais bonitas do cinema.

— Vendi-a ontem e dentro de alguns dias deixarei oficialmente de ser o presidente. Sabe por quê? Porque preciso me mudar para cá, para esta cabana, sozinho.

— Acredito que esteja brincando comigo.

— Pelo contrário. Tive três crises nervosas graves nos últimos dez anos, fui operado duas vezes por problemas cardíacos, minha vida estava me custando caro demais. Vi o fim se aproximando, e foi aí que percebi que precisava de um novo começo. Persegui a perfeição por muitos anos, mas me dei conta de que era apenas uma ilusão.

— O que quer dizer com perfeição?

— Dinheiro, sucesso, sexo com qualquer mulher bonita que eu desejasse, respeito e admiração de qualquer homem que eu conhecesse, tudo temperado com o que vinha resumindo toda a minha vida: desejo de poder. Poder alimenta continuamente o desejo de *mais* poder, e é aqui que as coisas escalam e os erros se acumulam como gotas de chuva em uma tempestade.

Pensei que ele estivesse falando de mim. Muitas vezes eu também me sentia vítima de tudo isso, queria explicar a ele como é comum entender a perfeição dessa forma, confortá-lo e dizer como esses desejos são frequentes na sociedade em que vivemos.

— Mas o senhor teve sucesso. Pagou um preço, mas conseguiu — elogiei. — Todas essas coisas são males passageiros, vai ver que com o tempo tudo vai se resolver.

— Acho que não entendeu, caro Christian. Esse tipo de perfeição seria bom se tivéssemos que lidar apenas com a razão, com o nosso "eu". Mas você esquece, como quase todo mundo, que apenas uma pequena parte da nossa mente é composta pelo ego e pela consciência. Também temos que lidar com o outro lado da moeda: o inconsciente.

— Está me dizendo que, na sua opinião, o inconsciente não deseja a perfeição? Então, o quê?

— A nossa psique não visa à perfeição, claro que não. Visa à totalidade, assim como o inconsciente. Não há dia sem noite, não há lua sem sol, não há água sem fogo, não há alma sem corpo, não há bem sem mal. Então, me diga: se a natureza fala conosco há séculos e séculos, nos mostrando a importância dessa complementaridade, por que sentimos a necessidade constante da completude? Esse dualismo não deveria existir também em nossas mentes? O nosso problema está em nós mesmos: se não formos tolerantes com a imperfeição que é inerente a nós, nunca seremos livres. Ao longo dos anos, entendi que o poder é como uma droga, que faz você se sentir bem por algumas horas, por levar você a uma dimensão em que o homem deixa de ser uma ameaça para si mesmo, em que o inconsciente faz amor com a consciência. Mas o efeito dura cada vez menos, e os danos, uma vez terminada a dose, tornam-se cada vez maiores e mais alienantes. O corpo se rebela porque os efeitos não são construídos com tempo e preparo, são obtidos instantaneamente e sem esforços da mente. O poder é uma cobra: incita uma transformação, uma troca de pele, e nos coloca à prova no nosso mais profundo íntimo. Se não sabemos enfrentar as nossas sombras, o poder é uma pedra que, mais cedo ou mais tarde, se prende ao nosso tornozelo e nos leva ao abismo.

— Mas o senhor é invejado por todos. Sabe disso, não sabe? Por que todos invejariam um homem infeliz? O senhor é o símbolo do homem saudável, amado e bem-sucedido, é o arquétipo do homem feliz do nosso tempo.

— Me disse que sou amado. Por que acha isso?

— Por todos os seus relacionamentos amorosos e pelas lindas mulheres que conquista, porque está sempre rodeado de amigos e funcionários.

— Eu também acreditava ser amado, e na verdade esse foi o meu primeiro erro: só pode ser amado pelos outros quem aprende a amar a si mesmo; é muito fácil amar outra pessoa, mas se amar é outra história. Já tentou segurar uma brasa acesa nas mãos? É a mesma coisa. Seria capaz de amar o que queima suas mãos? Para se amar, é preciso se aceitar, mesmo com as mãos dilaceradas pelas queimaduras. Para mim, amar alguém era como fugir de mim mesmo, mas eu não conseguia fugir de mim por muito tempo. Surgiam em mim tormentos, ciúmes, raiva, tudo isso me tornava agressivo. Era o meu "eu mesmo" batendo à porta, querendo que eu o enxergasse. Ainda pareço um homem invejável? Pela primeira vez na minha vida, me senti amado aqui, neste lugar, construindo esta casa de madeira, levando todo o tempo que fosse necessário, apenas com a companhia das árvores e dos animais, sem me perguntar se alguém ia me julgar pelo que eu estava fazendo.

Enquanto continuava, foi até um pequeno fogão para ferver um bule de chá.

— Esta floresta remota é o cenário natural mais bonito que existe, vale mais que navios, casas em Miami e em Los Angeles. O homem não conseguiu contaminar este ambiente com suas invenções, e ele permanece exatamente como é desde a sua criação.

"Aqui, qualquer ser vivo se sente à vontade, porque a imagem da floresta vive em nós desde sempre, em qualquer parte do mundo. Desde que nascemos, temos a chamada imagem primordial, em uma parte do inconsciente. Isso une a todos e na verdade nos fala com formas, antes mesmo do que com imagens. Entrando em locais como este, nós nos sentimos amados, porque trazemos do inconsciente à consciência essa forma original, que nos faz sentir em casa. Viemos da floresta, não necessariamente *desta* floresta, mas de uma floresta com os mesmos sons, as mesmas vibrações, a mesma energia e as mesmas cores.

"Quando venho aqui, parece que voltei no tempo e estou vivendo outra vida, todas as minhas outras vidas, sinto que renasci em um sonho que já tive em uma existência passada."

Joshua se aproximou dele e começou a ronronar. Algo no ar havia mudado. Parecia impossível que o presidente Leonard Silos, um dos homens mais ricos e influentes do país, estivesse dividindo comigo a sua cabana e as suas considerações mais profundas, aquelas que qualquer jornalista pagaria ouro para ouvir.

— Aprecio muito as suas palavras, ainda que apreciá-las seja diferente de vivê-las. Sua escolha é respeitável, mas não invejável, espero que entenda o que quero dizer.

— E por que está aqui? — perguntou ele.

— Uma série de acontecimentos interligados... — admiti, mas dentro de mim suas palavras continuavam a ecoar. — Desculpe, mas realmente não consigo entender o equilíbrio entre riqueza e espiritualidade: um homem rico e poderoso só pode ser materialista e, acredite, é muito difícil para mim acreditar que o senhor é o protagonista da situação que acabou de relatar, dizendo que não será mais o presidente da Golden Tower.

— Não só não serei mais o presidente da empresa como já vendi minha Ferrari e meu iate, quero me desfazer de tudo. Não sabe a paz que isso me trouxe. Tudo o que era supérfluo às minhas necessidades de sobrevivência enriquecia minha razão, mas, ao mesmo tempo, me enchia de responsabilidades que pesavam cada vez mais. Além disso, minha alma foi despojada de sentimentos. É verdade, o dinheiro pode comprar a casca de muitas coisas, mas não a semente. A semente é a imagem que temos de tudo: a imagem de algo já é em si metade dessa coisa. Sendo rico, eu só possuía metade do que tinha, porque não conseguia sintonizar, conectar minha alma com a outra metade, ou seja, com sua imagem. Minha alma estava sozinha e muda, incompreendida até por mim mesmo, ainda que vivesse em mim. A riqueza da alma é feita de símbolos, e ninguém pode roubá-los de nós se conseguirmos lançar luz sobre a essência mais íntima e antiga que carregamos dentro de nós. Aqui, neste lugar, aprendi a me conhecer e a valorizar quem sou, sem estar rodeado dos espelhos dos outros.

"Conheci a solidão, odiei-a, respeitei-a e finalmente aceitei-a, até acolhê-la, desejá-la e, enfim, amá-la. Está se perguntando como cheguei a ser um homem tão importante profissionalmente falando, não é?

Não esperei sua resposta e já respondi o que me veio à cabeça:

— Perdoe o meu atrevimento, mas acredito que no início tenha tido o suporte financeiro de alguém, talvez seus pais, e depois, com muito esforço, conseguiu todo o resto.

— Que bom encontrar uma pessoa sincera, isso conta a seu favor, vou me lembrar de você. Meus pais eram obrigados a trabalhar dia e noite para que eu e meus quatro irmãos pudéssemos sobreviver. Éramos uma família pobre. Se quiser, mostro a casa onde cresci: ainda sou muito apegado às recordações e às cicatrizes que aquelas paredes me deixaram.

"Desde criança eu vinha a esta esplêndida colina. Aqui, conheci a paz e a tranquilidade: todos os problemas que trazia da cidade desapareciam quando o vento e o calor deste lugar ancestral aconselhavam a minha mente. Essa paz interior me permitia dedicar todas as minhas energias ao trabalho, que me garantia a sobrevivência.

"Com o tempo, os meus superiores passaram a apreciar a paz e o carisma que acompanhavam meu empenho, tão assíduo e incansável, qualidades essas adquiridas graças à capacidade de me sentir bem comigo mesmo. Porém, lentamente, sucesso após sucesso, perdi aquela fé em mim mesmo, tão notável quando não tinha nada. De rico, tornei-me milionário, de milionário, bilionário, fiz pactos sem moral alguma, aceitei condições que nunca mais aceitaria, vendi-me ao meu eu que empurrava cada vez mais a minha própria alma para a escuridão, ainda que fosse um eu procurado por todos, admirado, lisonjeado. Depois dos problemas de saúde que mencionei, voltei aqui para essa colina, chorando como uma criança, porque havia traído esse lugar por tanto tempo, sem dar-lhe qualquer oportunidade por mais de quinze anos."

O instinto me aconselhou a apertar a mão daquele homem, e eu o abracei. Joshua estranhou essa aproximação e começou a miar, irritado.

— Já se perguntou se os gatos sofrem de estresse? — disse o presidente após examinar pela janelinha da cabana a chuva que caía lá fora.

Pareceu-me uma pergunta estranha.

— A resposta é não — ele mesmo continuou. — O único ser vivo que sofre de estresse é o homem. Joshua vive apenas na dimensão do presente. Joshua não *parece*, Joshua *é*. Joshua não *tem*, Joshua *é*. Para nós, humanos, não é bem assim. Basta sair desta floresta para nos esquecermos de que nosso valor está na virtude que há em nossa essência mais profunda. Se não tornamos essa essência real, a vida é desperdiçada. Acumula-se dinheiro não por necessidade, mas para construir uma imagem de si mesmo. O dinheiro é filho do desejo, não da necessidade. E isso já é ensinado às crianças.

"O maior medo dos ricos como eu é a solidão, porque, se incorporamos esse sentimento, não podemos mais contar com a máscara que nos defende, mesmo que precariamente, dos outros. Entraríamos em contato com uma parte pura e original de nós mesmos, que nunca quisemos abraçar, e isso destruiria nossas certezas em pouco tempo. O retorno às origens pode acontecer em apenas um segundo."

Então, pegou o gato no colo para acariciá-lo e continuou:

— Ei, Joshua, você conseguiria colocar uma máscara?

Tive a oportunidade de acompanhar a longa e brilhante carreira do Sr. Silos e, naquele momento, esqueci meus medos e meus pensamentos, me perdendo nos meandros de sua voz. Pensei em quantos mundos se escondem na vida das pessoas que, muitas vezes, julgamos muito rapidamente, depois de um mero olhar descuidado, só porque essas pessoas têm determinado estilo de vida ou um sucesso ou fracasso marcante em sua trajetória.

Em cada cabeça há um mundo, um mundo inteiramente novo, feito de forças opostas que, juntas, avançam em uma direção obstinada, desejando apenas o equilíbrio, mesmo que momentâneo.

Compreendi que eu também julgava a verdade dos outros: quando via o erro de alguém, nunca me perguntava se por trás daquele erro existia uma outra verdade para essa pessoa.

Leonard, ao me contar seu testemunho de vida, estava sem querer me ensinando a raiz do respeito ao mundo interior que há no outro.

O som de um trovão acompanhou nossas palavras.

— Ouviu? — retomou ele. — Quando eu era menino, em um dos dias solitários que passei neste lugar, encontrei uma maneira de calcular a distância que me separava da origem dos trovões e, portanto, a que distância de mim a tempestade ainda estava. Com a ajuda dos livros, sempre inúmeros, compreendi que, depois de ver o relâmpago, bastava contar os segundos que o separavam do estrondo do trovão e multiplicá-los por trezentos e trinta metros, ou seja, a velocidade do som. O resultado sempre correspondia à distância correta.

"A natureza nos acolhe de braços abertos para nos fazer apreciar o silêncio, a paz, a harmonia, mas também os seus opostos. A natureza tem tudo de que necessitamos. A maioria de nós tem medo do silêncio e prefere não se questionar, ancorando a própria existência única e exclusivamente no caos do trabalho na cidade."

Fiquei em silêncio ouvindo as palavras de Leonard. Eu gostaria de contá-las a Michael, só para ver seu espanto ao saber que um de seus ídolos profissionais, e o homem mais odiado da empresa em que ele trabalhava, via o mundo daquela maneira, com tamanha sensibilidade e retidão.

Perguntei a meu interlocutor se ele conhecia um certo Attilio, embora eu acreditasse que não, pois, como era colega de Michael, trabalhava na empresa concorrente.

— Claro! — respondeu ele. — Attilio me conhece como poucos, começou a trabalhar como meu assistente há cerca de vinte anos, me viu nascer, morrer, renascer e morrer mais uma vez. Depois aconselhei-o a se afastar de mim, minha alma estava muito obscura. Então, ele decidiu aceitar a proposta da Julius and Julius. Attilio é um dos hóspedes desta esplêndida colina.

Achei que tinha entendido mal o que ele dizia e repliquei:

— Como assim um dos hóspedes? Tenho a impressão de que estou muito perto do topo da montanha e não notei mais ninguém além do senhor...

Lembrei-me do papel encontrado alguns minutos antes e, pela primeira vez, duvidei daquele homem.

— Do topo da montanha? — rebateu ele. — Mas tem ideia da imensidão dessa colina?

Parou de falar e deu lugar a um sorriso radiante, que exalava uma serenidade invejável.

— Esta cabana fica praticamente no início da colina. Construí uma versão inicial aqui quando criança, com medo de me perder. Lembro como se fosse hoje como espalhei grãos de arroz pela mata, a fim de deixar um rastro visível da minha passagem e encontrar o caminho de volta à cidade. Se quiser prosseguir, poderá admirar com seus próprios olhos o que significa sentir a natureza respirando, para além do tempo em que vivemos, para além do período histórico, para além de tudo o que lhe foi ensinado.

Empalideci. Eu tinha certeza de que já havia visitado grande parte da colina.

— Quem são os hóspedes deste lugar?

— É possível encontrar diferentes tipos de pessoas, mas unidas por um fio condutor. Como conhece o Attilio?

Eu não estava preparado para a banalidade infantil daquela pergunta, ainda que fosse mais que legítima.

— Na verdade, só ouvi falar dele — respondi, parando alguns segundos entre uma palavra e outra.

— Eu o aconselho a não interromper seu caminho — sugeriu-me ele. — Acho que a paisagem desse lugar, tão puro e imaculado, lhe fará bem. Não sei por que está aqui, mas certamente vale continuar.

A verdadeira razão pela qual decidi continuar subindo a colina era entender de uma vez por todas por que recebia aquelas mensagens. Mas ali eu me sentia longe dos problemas que havia deixado na cidade, meu sangue corria no ritmo das batidas mais lentas do meu coração, e isso ajudou a me convencer de que, sim, eu deveria continuar meu caminho.

Espreitei pela janela e percebi que a chuva estava diminuindo.

Aquelas gotas, que havia poucos instantes provocavam um ruído semelhante ao de pedrinhas sendo atiradas no teto duro da cabana, naquele momento caíam lentamente, como se estivessem acompanhadas de paraquedas microscópicos, tocando, então, delicadamente a madeira da construção, até escorregarem na terra úmida e em seus habitantes.

Leonard abriu a pequena porta e saiu. Joshua o seguiu imediatamente e, por um momento, temi que quisesse ficar com ele, esquecendo-se do nosso estranho, mas cada vez mais forte, vínculo.

Os primeiros cantos dos pássaros, ainda leves, chegavam aos meus ouvidos como se nunca tivesse chovido, e alguns deles começaram a se aproximar timidamente da ponta dos galhos.

Resolvi sair também e me espreguicei assim que fechei a porta.

O voo de um corvo muito perto de mim me fez pular.

— Como esse pássaro tocou meu ombro tão tranquilo desse jeito? Não ficou com medo de mim?

Leonard não respondeu à pergunta.

— Me despeço, Christian! Espero vê-lo novamente em breve.

Ele se virou e caminhou em direção àquele mundo que havia definido como caótico.

Tinha parado de chover. As únicas gotas de água visíveis eram as que caíam dos galhos inclinados que tocavam a cabana.

V

Não acreditei totalmente nas palavras do presidente da Golden Tower. Eu me perguntava se era verdade o que ele disse sobre outras pessoas também frequentarem aquela reserva natural. Não havia nenhum sinal de civilização, nenhuma comodidade...

As folhas úmidas, que balançavam com o sopro leve mas obstinado do vento, enchiam meus olhos, estimulando minha imaginação e minhas memórias. Sentia que já tinha estado ali, exatamente naquele ponto do globo que até ontem pensava não conhecer.

Compreendi que algo novo estava acontecendo dentro de mim, e que tudo havia começado com o encontro com o Sr. Carter: passei a acreditar em suas teorias sobre mensagens improváveis sendo transmitidas entre as pessoas assim que ele assinou o cheque e o contrato para a compra da casa. Por que tudo me pareceu possível apenas quando minha meta de vendas foi alcançada? Por que comecei, então, a achar que aquele homem era mais confiável? E ainda: por que eu sabia que podia relaxar depois de atingir o objetivo da minha vida? Por que considerei dignos de minha escuta apenas aqueles que possuíam algo de meu interesse? Só quem tinha algo para me dar?

A segurança que o Sr. Carter demonstrava ao proferir suas ideias, mesmo que um tanto inusitadas, minou desde o início as certezas que eu tinha para concluir aquela reunião de negócios tão importante para mim.

Só naquele momento compreendi verdadeiramente que todas as visões fatalistas da vida em que o texano acreditava já estavam dentro de mim e, como pequenas sementes, trabalhavam na minha cabeça mesmo que a minha consciência não se conectasse com o inconsciente. Foi como se eu tivesse acendido um pequeno fósforo no coração, uma chama muito pequena, porém acesa.

A serenidade e a segurança daquele homem ganharam credibilidade graças à assinatura sem demora do contrato de venda, como se eu tivesse pedido um autógrafo a uma estrela de Hollywood distraída.

Em seguida, veio a descoberta do interesse inesperado de meu amigo Michael por certas teorias filosóficas que Attilio lhe transmitira. Isso confirmou que dentro de mim havia algo que ainda não tinha uma definição racional, mas que eu sabia que estava lá.

Attilio tinha a certeza de que a vida era um percurso cíclico e com propósito, em que o homem se descobre um peão à mercê do destino, e foi exatamente assim que me senti naquele dia; aquela montanha parecia cada vez mais ser uma parada obrigatória em minha existência.

Eu me convenci de que era impossível cruzar a linha de chegada sem antes ter percorrido todo o percurso, em todos os seus passos, demonstrando a mim mesmo, e só a mim, que eu era sempre capaz de seguir e de permanecer em pé.

Naquele dia, tive a extraordinária impressão de que acabara de emergir de uma nuvem espessa e úmida, agora atrás de mim. Sentia-me como nunca havia me sentido antes, ressuscitado para mim mesmo. Meu "ego" tinha ficado na nuvem: senti que havia iniciado uma jornada na qual conheceria muito além de mim mesmo. No entanto, não sabia dar um nome a esse processo, muito menos descrevê-lo.

Até aquele instante, eu havia vivenciado cada acontecimento com medo, nervosismo, raiva e, na melhor das hipóteses, ceticismo; a partir daquele momento, porém, tive certeza de que era eu que desejava, sentia a autoridade dentro de mim.

Fiquei bem consciente da presença de duas forças interiores distintas: uma me empurrava para a realização que os outros esperavam para o Christian, aquele conhecido por todos, um habitante do caos da cidade, o rico que queria ficar cada vez mais rico e que passava os dias nas redes sociais, ao telefone ou enviando e-mails; já a outra representava o Christian mais instintivo, o do presente vivo, aquele que ansiava por respostas às questões primordiais do ser humano.

Tinha que tentar aproveitar ao máximo as tonalidades mínimas e imperceptíveis que as cores das minhas emoções, tão coloridas naquele dia, estavam me ensinando.

Até minha vizinha Delfina me parecia diferente. No dia anterior, tinha me convidado a me deleitar com a visão da natureza, mesmo que eu estivesse simplesmente no meu jardim.

Entendi que todas as eventualidades do dia anterior serviram de semente para a colheita da experiência que eu estava vivenciando naquele momento.

Tudo isso deixou uma marca indelével em minha jornada, não porque minha razão de repente se tornara um recipiente vazio, ansioso para ser preenchido, mas porque esses pensamentos já estavam dentro de mim, faltava apenas a centelha para que se tornassem visíveis. De repente, percebi que minha alma era como um pequeno feto, deixado durante anos sem nutrição. Para que crescesse, tinha que deixá-la livre para acolher os pensamentos inconscientes. A sociedade em que eu estava imerso não permitia que essa centelha ganhasse vida, enquanto os encontros das últimas vinte e quatro horas foram obras de arte maiêuticas, capazes de despertar uma forte sensibilidade que já estava presente em mim, ainda que adormecida.

Compreendi que aquelas frases estranhas e a mensagem encontrada dentro do meu carro estavam de acordo com minha vontade de buscar a verdade. Eram uma pequena luz, me incentivando a começar a fazer perguntas, tão triviais, mas antes soterradas por todo o caos que me rodeava.

Minha personalidade estava viva como nunca, e eu queria continuar minha jornada inesperada a todo custo. Era como se, pela primeira vez, algo grandioso como lava subisse do meu interior, algo capaz de finalmente me fazer sair em busca de mim mesmo.

Pensei em ligar para Michael e contar-lhe sobre meu encontro com Silos. Vasculhei os bolsos da calça, mas não encontrei o celular, apenas a carteira.

Fiquei nervoso de novo: tinha acabado de comprar aquele celular, tão caro e já com mais de quinhentos números gravados...

Quanto me custaria comprá-lo novamente? Quanto tempo levaria para encontrar todos os números salvos? E, acima de tudo, como eu os encontraria? Não falava com a maioria daquelas pessoas com tanta frequência.

Aquelas centenas de números para os quais provavelmente nunca mais ligaria pareciam-me tão essenciais, e eu estava tão preocupado em comprar novamente um celular que no fim das contas custaria tão pouco em comparação com o ganho do dia anterior.

Balancei a cabeça e fiquei surpreso comigo mesmo.

Havia quanto tempo não olhava o celular? E, principalmente, havia quanto tempo não sentia necessidade disso? Muitas horas se passaram sem que a existência de redes sociais sequer passasse pela minha cabeça.

Era como se minha razão tivesse tomado uma direção diferente, deixando de lado todos os materialismos que, até ontem, eu tinha necessidade de manter sempre comigo. E o paradoxo de tudo isso? Desde ontem eu estava ainda mais rico.

Por um momento fiquei preocupado: estava em uma floresta densa e fascinante, mas sem celular nem contato com qualquer ser humano da cidade. Parecia uma prova à moda antiga.

Se eu sofresse um acidente, dificilmente me encontrariam vivo. Estava apenas com Joshua, que agora permanecia grudado a mim. Sem perceber, havia me tornado seu guia, e ele não se afastava de mim por mais de alguns centímetros.

Parecia que aquele gato me conhecia desde sempre. No entanto, eu não representava nada para ele, a não ser um homem que o salvara com um pouco de leite. Parecia que ele se divertia, mas ao mesmo tempo estava pensativo. Nunca tinha notado o olhar profundo que os gatos têm quando olham o horizonte. Joshua não olhava, simplesmente, ele queria *ver* e, antes de qualquer coisa, parecia pensar a respeito de suas ações e levantar hipóteses sobre as consequências.

Meu medo do isolamento parecia legítimo e com fundamento. No entanto, lembrei-me das palavras de Esteban, um conhecido que me contou uma das suas experiências.

Era uma tarde muito quente no final de junho, e Esteban estava andando de moto por uma cidade movimentadíssima. Tinha comido muito no almoço; o sol escaldante batia forte em seu capacete preto brilhante e, depois de alguns minutos de trânsito intenso na cidade, Esteban começou a sentir as batidas aceleradas e irregulares de seu coração. Ele estava quase desmaiando, sua visão começava a se desconectar do ambiente e ele se sentia cada vez mais fraco e exausto.

Decidiu parar imediatamente a corrida e dizer que não estava bem a um homem que caminhava pacificamente não muito longe dali. Esteban só queria ser levado ao pronto-socorro para ficar mais tranquilo. Não pedia nada demais.

Ao parar na beira da estrada, agitado, e tirar o capacete, o homem fingiu não vê-lo e se afastou, talvez por medo devido à sua aparência pálida e perturbada.

Esteban foi obrigado a percorrer três quilômetros sozinho para chegar ao hospital e, a cada quinhentos metros, era obrigado a parar e respirar sem o capacete na cabeça para não sofrer um ataque de pânico, algo que o teria feito perder a consciência. Ninguém que passava se aproximou para ajudá-lo ou perguntar se estava bem.

Chegando ao pronto-socorro, foi atendido pelos médicos e, depois de alguns exames, voltou para casa são e salvo.

A lembrança desse acontecimento me convenceu a não temer muito a distância do mundo caótico da cidade. Afinal, estar rodeado de pessoas não significa necessariamente estar seguro.

A presença ou a ausência de indivíduos não deveria condicionar minha vontade de caminhar, de conhecer, de me descobrir. Eu queria enfrentar a vida acolhendo cada momento daquele dia estranho como uma dádiva.

Um intenso raio de sol bateu em meus olhos e eu, examinando o horizonte, percebi que um esplêndido arco-íris havia surgido bem acima de mim.

A serenidade estava voltando.

Senti fluir a vontade de continuar a viagem, acompanhado pelos cantos da floresta e por um céu limpo que, poucos minutos antes, estava cinza.

Atrás da cabana, havia uma trilha longa e estreita com espinhos e flores. Os raios de sol iluminavam as roseiras silvestres, que ainda estavam úmidas e respingando uma chuva já esquecida.

Comecei a caminhar e passei por um arco de flores e arbustos entrelaçados que parecia uma porta. A fusão tão perfeita daqueles arbustos de naturezas tão diferentes era uma recepção involuntária aos visitantes.

Entrei na trilha e pequenas gotas remanescentes da tempestade caíam sobre mim, aninhando-se nas minhas roupas e expandindo-se no tecido ao atingir o algodão em contato com minha pele. Ouvia o tique-taque da água que regava o chão e o barulho dos animaizinhos que ali viviam. O farfalhar das folhas era a trilha sonora daquele quadro natural, que eu nunca tinha parado para admirar na minha vida.

Aquele caminho parecia interminável.

Todos os galhos altos, de alguns metros de altura e entrelaçados acima da minha cabeça, não me permitiam ver o fim.

Caminhei rapidamente por alguns minutos, até que, de relance, percebi que o céu continuava a brilhar esplendidamente, e que a estrada levava a uma curva muito tortuosa.

Parecia que aquele caminho mudava repentinamente de direção.

Tentei espiar para além dos arbustos a fim de descobrir aonde estava indo e a que altura estava em relação à cidade.

Joshua me seguiu mesmo durante aquela busca árdua.

Quando finalmente encontrei uma brecha entre as plantas, uma sensação de vertigem me dominou por completo. Senti um formigamento na nuca, uma gota de suor descendo pelo pescoço e umedecendo os cabelos.

Não achava que estava a uma altitude muito grande, mas as casas lá embaixo pareciam-me pequenas construções, e tive a impressão de poder apertá-las entre dois dedos.

As formas se sobrepunham, seus limites se alinhavam de forma desordenada, o planeta Terra que havia deixado sob mim era uma memória distante, não tinha mais lógica, era apenas algo que atraía meu olhar, a ponto de me deixar estranhamente vesgo.

Meus olhos não pareciam mais livres para se moverem de acordo com a vontade do meu cérebro, mas apenas de acordo com a vontade do caos. Era como se houvesse um ímã no centro das minhas pupilas e alguém balançasse um grande gancho de ferro amarrado a uma vara de pescar na minha frente. Era uma sensação extremamente intensa, algo que nunca havia experimentado antes.

Consegui não cair, mas apenas porque, por puro instinto, me joguei de costas na trilha.

Naquele dia, conheci o que é uma vertigem de verdade. O que antes, com a suposição simplista de um ignorante que não se deixa afetar por ela, catalogava como "medo de cair", de perder o controle, a partir daquele dia se transformou em outra coisa.

A vertigem talvez fosse o meu desejo: o desejo humano de cair, de enfim perder o controle.

Compreendi que todo medo esconde um desejo.

E tudo se tornou mais claro.

— Joshua, aonde você está indo? — gritei de repente, sem perceber.

Com um salto, o gato se aproximou daquela fresta de céu entre os arbustos, como se quisesse entender o que me fizera perder o equilíbrio e recuar com tanta rapidez.

— Vem aqui, vem. Cuidado, Joshua, você vai cair.

De repente, não o vi mais. Tinha sido engolido pelo verde espesso da vegetação.

— Joshuaaaaa!

Senti-me órfão. Entendi o quanto me sentia ligado àquele gato que havia algumas horas nem conhecia. Meus olhos se encheram de água e, arrastando-me, tentei aproximar-me outra vez daquela vista que havia me assustado poucos segundos antes.

Tinha certeza de que nunca mais veria Joshua, e essa sensação apertou meu coração.

Como estava tão apegado àquele gato? O Christian dos últimos quinze anos não gostava de gatos. Eu costumava me perguntar por que as pessoas gostavam tanto desses animais. Para mim, pareciam seres reservados e pouco carinhosos, até um pouco interesseiros. No entanto, agora me encontrava em total desespero com a ideia de tê-lo perdido.

Ainda me arrastando para me sentir mais seguro, tentei despertar em mim alguma esperança de ver Joshua novamente. Afastei com força cada galho, até me encontrar novamente diante da imensidão do céu e do tamanho microscópico da cidade. Joshua não estava ali, e me convenci de que a busca havia terminado.

— Será que ele se jogou achando que poderia voar? — perguntei a mim mesmo. — O que ele queria fazer? O que achou que poderia encontrar? Por que fez isso?

Afastei-me, procurando um motivo para não largar tudo e voltar para casa.

Foi então que ouvi um miado.

Levantei-me e, sem perceber, já estava olhando novamente para aquele vislumbre de mundo, agora sem nenhuma vertigem. Eu tinha um propósito, que era nutrir o amor que eu sentia por aquele gato, e foi justamente a vontade de reencontrá-lo que venceu irremediavelmente a vertigem que eu havia sentido.

Joshua estava deitado à direita da extremidade mais distante, no único pequeno espaço livre entre os arbustos.

Comecei a rir e me emocionei. Eu me senti vulnerável, mas acolhi esse sentimento. Me fez bem entrar em contato com essa parte desconhecida de mim.

— Você pode cair, volte aqui, por favor! Por que você foi até aí? Queria apreciar a vista?

Era perigoso ficar onde ele estava. Eu sabia que a qualquer momento Joshua poderia escorregar para baixo e tinha consciência de que o assunto ainda não estava totalmente encerrado.

De repente, ouvi uma voz feminina atrás de mim.

— Está tudo bem?

Virei-me e vi uma mulher com um manto *kesa* laranja, magra, com olhos azuis, cabelos castanhos curtos e cacheados. Tinha aparência de monja.

— Meu gato foi parar atrás dos galhos, perto do penhasco — expliquei. — É muito perigoso, ele pode cair, não sei o que deu nele, de repente se enfiou no lugar mais perigoso da montanha e não sai de lá. Não sei o que fazer para convencê-lo a voltar.

A mulher não falou nada, fez sinal para que eu lhe desse licença e afastou naturalmente a vegetação. Olhou para o gato por alguns minutos e sorriu. Voltou apoiando com cuidado as sandálias no mínimo de flores possível.

— Não se preocupe, ele vai voltar logo. Você tem alguma ideia de por que ele foi parar ali? — perguntou-me.

— Não, nenhuma. Só que talvez tivesse enlouquecido. Seria a primeira vez que um gato louco estaria nesta montanha?

— Você tem medo de se aproximar da beirada como ele faz?

Balancei a cabeça positivamente.

— Ele não — disse ela.

— Percebi!

— Por que você tem medo?

— Acho que entendi isso há pouco tempo, pela primeira vez. Talvez todo medo esconda um desejo.

A mulher assentiu delicadamente. Tinha um olhar doce e compreensivo, não parava de sorrir. Transmitia paz, compreensão e humanidade. Era bom olhar para ela, não pela sua beleza externa, mas pelo que seu olhar transmitia. Era um olhar capaz de abraçar o do seu interlocutor sem a necessidade de usar palavras. Talvez antes eu o tivesse entendido como um olhar sedutor, de uma diplomata habilidosa, mas, naquele dia, sentia que tinha me aberto a uma linguagem muito mais rica e não poderia tê-la julgado de forma diferente.

— Também acredito que o medo possa esconder um desejo. Você acha que o gato quer cair?

Não respondi, mas comecei a pensar por que Joshua não sentia vertigem.

— O impulso à autodestruição, a pulsão — continuou ela —, é algo apenas do homem. Um ser humano nunca iria descansar ali. E você sente vertigem no lugar do gato só porque imagina o desejo dele de morrer, mas os animais não sabem o que é isso. Os homens usam essa pulsão como se fosse uma roupa. E a vertigem é uma das mais apertadas e mais difíceis de tirar.

— Então nos fazemos mal sozinhos e conscientemente?

— Só quem conhece seu próprio mundo interior pode se proteger. O impulso à autodestruição pode se disfarçar com muitas outras roupas além da vertigem. Uma das mais comuns está nos relacionamentos tóxicos, o amor doentio.

— Como pode o amor ser tóxico?

— Para o mundo exterior, o amor é um conceito objetivo, puro e imaculado, mas no mundo interior é um símbolo que recordamos e testamos todos os dias. É um conceito subjetivo, que não responde à lógica. Portanto, sim, quem não acende a luz interior pode se jogar nos braços de um relacionamento tóxico acreditando que é amor. Não deveria ser assim.

— Então aqueles que se conhecem não possuem esse impulso? Tornam-se como um gato?

— Quem se conhece se acolhe, sabendo que no mal há sempre um ponto de luz do qual o bem pode renascer e que não há nada neste mundo que não se torne, pelo menos em parte, o seu oposto. Quem se ama já ama os outros sem perceber.

— Onde é possível encontrar o amor?

Um movimento repentino entre os arbustos trouxe Joshua de volta à vista.

— Você finalmente voltou, Joshua...

Ele correu em minha direção, ansioso para ser acariciado, e eu me abaixei para pegá-lo no colo. Parecia que era isso mesmo que ele queria, e logo começou a me lamber, enquanto o barulho do ronronar se confundia com o dos grilos.

— Ainda tenho que responder? — disse ela. — Ainda não vê? Esse gato o ama com o amor mais desejado do mundo: o incondicional. Você pode ser bonito, feio, rico, pobre, jovem ou velho... Ele o ama.

— Só nos conhecemos há dois dias.

— O tempo é muito longo quando se está farto, demorado quando se está triste, lento quando se está esperando, infinito quando se está com dor, rápido quando se está atrasado, mas curto quando se está feliz, não é? A medida do tempo está nos sentimentos que experimentamos.

— Você parece conhecer gatos muito bem...

— Há muito tempo, quando eu ainda gostava de estar no meio das pessoas, adotei um lindo gato macho. Ele era preto, tinha os pelos longos e exalava saúde. Costumava ficar no jardim e, todas as noites, me esperava com alegria, desejoso de me ver voltar para casa com as mãos cheias de carícias. Um dia, vi uma gata colorida passeando cautelosamente pelo gramado. Tempos depois, ela deu à luz cinco filhotes pretos, todos cópias do meu, mas a gata infelizmente não sobreviveu. Daquele dia em diante, meu gato nunca mais foi o mesmo: tornou-se inquieto, não me esperava mais à noite, quase não comia nada. Ele provavelmente só tinha na cabeça aquela sensação celestial... Por que limitá-la à ideia de sexo animal? Aquela sensação que ele havia experimentado com a gata e que queria provar de novo, mas não era capaz de perceber que ela não estava mais ali. Na esperança de encontrá-la, o gato preto infelizmente começou a atravessar a rua muitas vezes. O risco de ser atropelado por um carro era muito alto. E, de fato, numa noite eu o encontrei sem vida. Punido apenas por ter perseguido o desejo. Desejo de amar? Desejo de satisfazer-se sexualmente com a mesma gata? Ninguém pode dizer.

"A questão é esta: o homem muitas vezes se assusta com o amor, teme-o como se fosse uma doença, porque não consegue amar o que quer, mas apenas o que deseja. O querer é uma característica reconfortante; nosso ego acaricia nossos desejos e tenta nos satisfazer em sua busca. O querer pode nos ajudar com a razão. Se um dos nossos propósitos não for alcançável, a nossa razão pode vir em nosso socorro e acalmar, com o tempo, a força do nosso "querer ser", "querer tornar-se". Ou a nossa consciência pode nos ajudar a encontrar atalhos ou caminhos semelhantes, mais acessíveis. O desejo, por outro lado, é algo cujas raízes são, na maioria das vezes, desconhecidas.

É um impulso contra o qual somos impotentes e diante do qual nosso ego e nosso amor-próprio sucumbem, desarmados. O desejo é a própria natureza do eterno que nos permeia. O eterno não pode ser colocado em uma ampulheta para ser visto e medido. Por isso, se o desejo é projetado para fora, é uma sombra, mas, se projetado para o mundo interior, torna-se uma busca aventureira por tesouros íntimos, transformando-se em uma chama capaz de iluminar um novo reino a ser descoberto a cada dia."

— E por que as pessoas têm tanto medo do amor, então?

— Boa pergunta... As pessoas fariam qualquer coisa, qualquer coisa mesmo, para evitar enxergar a própria alma, mesmo que por um segundo. Sente-se prazer em não se conhecer, porque esse conhecimento perturbaria o brilho das ilusões.

Enquanto ainda falava, a monja se afastou, como se tivesse sido chamada por algo que não percebi. Concentrei-me no presente vivo com Joshua. Pela primeira vez, senti aquele gato como realmente parte de mim.

VI

Subimos um pouco pelo caminho, na esperança de encontrar um espaço aberto de onde pudéssemos ver o céu e admirar o horizonte sem nos machucar nos espinheiros. Eu precisava descansar os olhos no infinito. Quando imaginamos uma floresta, imediatamente pensamos em lugar sem limites, onde tudo parece estender-se até o que a mente entende como "infinito". Mas ali eu percebi que nunca tinha estado em uma floresta como aquela. Nela, os caminhos pareciam se retorcer, e a impressão era de que se estendiam na vertical, não na horizontal. O que mais me impressionou, no entanto, foi como a paisagem se transformava, metro a metro, quilômetro a quilômetro e, principalmente, curva a curva. Algumas áreas pareciam cuidadas por um jardineiro, outras estavam em um completo estado selvagem e o caminho tornava-se árduo e cansativo. O que nunca faltava era uma trilha mais ou menos visível: era esse o testemunho de vida que eu procurava, a prova de que ainda estava seguindo um caminho lógico, que resistira aos meandros da densa e emaranhada floresta.

Após uma das curvas, fiquei petrificado ao avistar um grande lobo preto, satisfazendo seu apetite em uma carcaça. Seu pescoço parecia aumentar de tamanho a cada mordida, voltando ao estado natural depois de saborear cada pedaço da carcaça com sua mandíbula agressiva e assassina.

Assim que nos ouviu chegando, o animal levantou os olhos, fitando diretamente os meus: eu não conseguiria simplesmente fugir dele. Ele ficou visivelmente nervoso, levantou o rabo e rangeu os dentes com uma agressividade cada vez maior.

Eu não tinha nada para me defender de seu ataque, mas minha principal preocupação era Joshua. Virei-me e o vi se enfiando no meio dos arbustos para se refugiar naquela beirada vertiginosa que eu tanto temera alguns minutos antes. Agora, porém, eu também gostaria muito de ir até lá, consciente de que todo perigo esconde também uma salvação.

Os olhos do mamífero tinham uma coloração vermelho-sangue, e suas pupilas pareciam mais turvas do que antes; ele abaixou o quadril e o rabo, como se tivesse decidido engatinhar, e deu alguns passos em minha direção, mantendo a cabeça baixa e as orelhas eretas.

O instinto me disse para correr, mas não o fiz. Resolvi recuar lentamente, procurando manter a posição do animal à vista.

Poucos passos nos separavam.

Saber que Joshua estava seguro, à beira do precipício, me dava confiança.

Eu havia decidido enfrentá-lo, apesar de saber que esse desafio teria poucas chances de sucesso, mas senti que teria sido mais digno aceitar o confronto, enfim, em vez de fugir dele.

Parei e arqueei meu corpo em direção ao lobo.

Ouvi um assobio ensurdecedor que assustou a nós dois: a fera virou-se instantaneamente, e sua cauda ficou esticada e ereta de novo.

Um homem vestido de verde apareceu e se aproximou lentamente de nós.

— Ei — exclamou com uma voz confiante.

Aquela expressão extremamente breve foi acompanhada por outras palavras em uma língua que eu não conhecia. Diferente da primeira exclamação rígida e severa, a continuação do seu discurso pareceu-me cada vez mais tranquilizadora e serena.

Parecia realmente que aquela pessoa estava conversando com a fera raivosa e ansiosa por me despedaçar.

O homem sentou-se no chão e continuou a falar em voz alta, mas de maneira cada vez mais calma e serena, sem nunca olhar nos olhos do animal.

O lobo começou a caminhar lentamente em sua direção, com os olhos voltados para o chão.

Preocupei-me com aquele indivíduo e gritei:

— Cuidado, ele estava prestes a me despedaçar!

Eu estava muito agitado, mas não tinha a menor ideia de como poderia ajudar, até porque as intenções de ambos eram um grande mistério para mim.

O lobo continuou a se aproximar dele, mas eu não conseguia ver o olhar do animal para entender suas intenções.

Eu só podia me limitar a observar os grossos pelos pretos do animal e o rosto sorridente e relaxado do homem.

Eu estava convencido de que estava diante de um maluco suicida e sabia que ninguém tiraria isso da minha cabeça tão facilmente.

Aquele estranho indivíduo parou de falar de repente e, com calma acima de todas as outras emoções, estendeu a mão direita. Parecia querer emanar a sua tranquilidade interior com aquele gesto.

O lobo parou e levantou as orelhas, que, de onde eu estava, pareciam antenas contra o fundo verdejante.

Os dois se estudaram intensamente, até que o homem estendeu também a outra mão, a mais próxima do animal, abrindo bem os braços.

A tão temida fera da floresta baixou lentamente o rabo até escorregar entre as patas; ficou por um instante observando a situação, girou o focinho para verificar se minha presença ainda pairava atrás dele e, com um salto repentino, desapareceu entre as árvores.

Dei um suspiro longo e libertador e apoiei os joelhos na folhagem do chão, até mergulhar com satisfação o rosto na grama molhada.

— Você se assustou? — ouvi-o perguntar.

Levantei-me. Aquele homem havia se levantado do chão e estava ajeitando a jaqueta, tentando alisar o tecido amassado que vestia.

Estava todo vestido de verde-escuro: desde o chapéu amarrotado, passando pelo elegante lenço amarrado no pescoço, pela jaqueta impermeável, até as calças largas e compridas que cobriam as botas.

— Não pensei que você falasse a minha língua — exclamei, com a intenção de aliviar a tensão cortante.

— Conheço muitas línguas...

Havia nele um toque de insolência, e percebi que estava lidando com um tipo reservado, não com uma pessoa faladora.

Então, ele olhou em volta e me perguntou:

— O que você está fazendo por aqui?

— Cheguei por acaso — admiti.

Com um sorriso irônico, tirou um palito do bolso da jaqueta e levou-o à boca, girando-o com a língua.

— Por acaso não se chega a lugar nenhum...

Eu sorri.

— Obrigado por ter caçado aquele animal!

— Caçar é o pior verbo que você poderia usar — repreendeu-me ele. — Eu nunca me permitiria caçar um animal em seu lar secular. O lobo teve medo de chegar muito perto de um homem como eu e decidiu fugir para as profundezas da floresta. Os animais selvagens geralmente conhecem os homens que querem dominá-los, tirar-lhes a pele para vendê-la e, na melhor das hipóteses, comê-los. Há séculos estão habituados a ver armas apontadas contra eles, destinados a tornarem-se troféus esportivos. Afinal, o homem de fato fez e faz isso com eles, e muito mais. Depois de matá-los, desmatam suas terras, onde constroem casas e prédios que muitas vezes ficam inacabados, só para embolsar mais algumas propinas.

Fez uma pausa e continuou:

— O lobo representa o preconceito por excelência: você já se perguntou por que os contos de fadas falam de lobos para assustar as crianças? Ele é realmente o assassino mais cruel da floresta? O lobo é a projeção de maior sucesso do humano no mundo animal. Nas histórias, suas características acabam se confundindo tão bem com as humanas que não se entende mais quem é o sujeito do conto. Um lobo ou um homem em pele de lobo vagando pelas profundezas da floresta?

— Tem razão — admiti, interrompendo seu raciocínio. — Mas aquele lobo investiu contra mim. Foi ele quem quis fazer de mim seu lanche, simplesmente porque invadi seu território.

— Você não tem a menor ideia de por que ele estava prestes a atacar você — continuou. — Suponha que eu leve você a um cercado contendo cem lobos. Na entrada, eu lhe digo que noventa e nove deles são feras selvagens, como a tradição da experiência humana nos ensinou, enquanto o único espécime restante é um animal dócil que nunca morderia um homem nem mesmo em pensamento. Aponto para ele, na matilha em que todos parecem iguais. Depois de alguns dias, esses animais escapam do cercado e você precisa ir para a floresta. Leva consigo uma arma, porque teme encontrar os lobos que escaparam... e de fato logo se encontra cara a cara com um deles. Por uma fração de segundo, você fica parado, mas então é forçado a tomar uma decisão: não atirar e desejar estar lidando com o único lobo bom, ou pegar sua arma e aceitar a força da probabilidade de noventa e nove por cento.

"Garanto-lhe que seu instinto de sobrevivência o forçaria a disparar. De nada adiantou ter indicado a você o mais dócil, porque, quando o medo surge e se torna protagonista da cena, é o instinto, movido pela experiência da razão, que identifica o cenário mais provável e decide o que fazer. Você atiraria e mataria aquele lobo, mesmo que fosse o único espécime benevolente."

Ele terminou a história e me encarou com seus olhos pretos, como se esperasse que eu dissesse algo.

— Desculpe, mas não estou entendendo... Eu não tinha nenhuma arma comigo e nenhum lobo havia escapado de uma cerca...

— Inverta a situação — explicou ele. — Digamos que o homem armado no meu exemplo corresponda ao lobo e, portanto, esteja em uma posição favorecida em relação à sua. Você é o único espécime bom dos cem homens que o lobo conhece. Naquele ponto da floresta, o animal atacaria você exatamente como você atiraria nele. E tudo por uma única razão: o medo que nos domina, a arma mais perigosa do nosso século. Se você sabe como causar medo em alguém, então sabe como tirar alguma coisa dessa pessoa.

"Ao longo dos séculos, o homem forçou os animais a odiar a humanidade. Com a reação em cadeia que se seguiu, os homens acabaram usando a voracidade característica do lobo como justificativa para legitimar sua matança, mesmo que apenas para fins recreativos. Exatamente como você estava pensando. Não se pode fazer alguém te odiar e depois culpá-lo por isso. Um lobo, principalmente se estiver assustado, dificilmente reconheceria o único espécime humano bom entre os cem que o olharam com medo, raiva ou diversão."

— Você mora aqui? Está aqui para proteger esses animais?

— Se eu moro aqui? — o homem caiu na gargalhada. — Tenho família, tenho emprego, este lugar é apenas um refúgio secreto para me livrar de tudo que sou obrigado a suportar na cidade e não consigo aceitar plenamente. — Seu olhar tornou-se mais relaxado, e então, continuou: — Não estou totalmente integrado ao mundo. Antes de conhecer este lugar, sempre senti dentro de mim a presença de algo que não era eu, como um sopro vindo do céu que me fazia olhar as estrelas e os animais de uma maneira diferente dos outros. Já imaginou contar na empresa o que penso dos animais? Eles me tachariam de louco, você não acha? Quem tem coragem hoje em dia de falar essas coisas?

"Há alguns dias, ouvi uma notícia que me entristeceu muito. Um burro matou um amigo de seu dono a coice e por isso foi sacrificado. É fácil atribuir a culpa a um animal que, segundo a crença comum, não tem sequer o direito de pensar. É conveniente refugiar-se na convicção de que os animais agem apenas por instinto e não fazem uso da razão, ou mesmo de sentimentos. Ou talvez seus sentimentos sejam de natureza menor, alguém pode dizer. Observemos o comportamento de um animal e de um homem que dormem: se aproximarmos a mão de um e as patas do outro de uma fogueira acesa, assim que ambos tiverem a impressão de estarem sendo queimados, seu instinto os fará levantar-se imediatamente e afastar o a parte do corpo que estava queimando. Nos dois casos, prevaleceu o instinto de sobrevivência.

"Todos os seres vivos precisam comer e dormir se quiserem viver. Os homens se comunicam com seus semelhantes, mas os animais também o fazem. Algumas espécies estabelecem hierarquias e dependem do líder do grupo para migrar e procurar alimento. Todos os seres humanos choram e se alegram, mas os animais também. O homem nasce sem saber o motivo. Ele sabe que tem que morrer, mas não consegue compreender o porquê, pelo menos não com sua consciência. Não sabemos se os animais têm um conhecimento inato maior sobre sua existência na Terra, o que sabemos é que não somos os donos do mundo, sendo na realidade apenas uma pedra atirada ao mar. E é essa crença equivocada que faz de nós os seres mais infelizes.

"Os animais, com seu silêncio, amam e respeitam as criações da vida, sem destruir o que não é deles. São talvez maltratados porque não criam tecnologias? Que razão eles teriam para fazê-lo? Para criar conflitos de interesses com o homem? Aquele burro que matou o amigo do dono provavelmente foi maltratado e espancado durante anos por quem o "hospedava" em seu estábulo. Ele deve ter se matado de trabalhar com medo de receber as surras habituais, até que um dia viu, pela primeira vez na vida, uma mão se aproximando para acariciá-lo. Cansou de viver para ser humilhado e, em vez de se deixar tocar pelas carícias de um daqueles seres que destruíram sua existência, preferiu defender-se com suas últimas forças e vingar aquela vida que, sem direito, lhe foi tirada. Os animais entendem coisas que você não sabe, antes mesmo de você conseguir traduzi-las em palavras. Então, se quiser tornar a sua existência mais viva, observe a deles, e seu olhar se iluminará. E, se um dia você perceber que um gato, depois de olhar bem nos seus olhos, fugiu, então é hora de parar e se perguntar quem você realmente é."

Não foram as palavras daquele homem que me impressionaram, mas sim a empatia que ele transmitia ao pronunciá-las.

Ele tinha razão.

Então, o homem tirou o palito de dente da boca, quebrou-o e enfiou-o no bolso da calça. Com muita rapidez, pegou um palito novo e o apertou entre os lábios.

— Posso saber seu nome? — perguntei, serena e tranquilamente.

Ele revirou os olhos irritado e, por alguns segundos, o silêncio reinou.

Tive a nítida impressão de que aquele homem não queria me revelar sua identidade e estava tentando encontrar uma resposta para minha pergunta impertinente.

No momento em que decidi retomar meu caminho, admitindo que compreendia suas intenções, ele disse:

— Me chamo Guido. Esse nome vem do celta *wudu*, que significa "floresta". Quero que se lembre deste encontro como se fosse com a floresta, porque aqui me sinto parte viva dela.

Olhei para Guido e para aquela esplêndida rosa cor de ciclâmen que ornava o fundo atrás dele, e resolvi perguntar-lhe se aquela roupa de uma cor só que ele usava tinha algum significado particular.

— Quando venho aqui — ele respondeu —, não vejo qualquer diferença entre as minhas necessidades e exigências e as dos animais e das plantas que encontro pelo caminho. Quero me fundir com a natureza e viver como se os habitantes da floresta fossem meus irmãos. Tudo isso me faz sentir bem comigo mesmo, e aqui encontro um contentamento e uma paz de espírito que nunca encontrei na cidade, nem mesmo por engano. Estresse e ansiedade sempre dominaram minha vida. Mas não posso contar a ninguém fora daqui essas minhas sensações, por um lado por vergonha e, por outro, por medo de ser rotulado como "um daqueles", alguém não apto para a vida social.

— Este lugar é um segredo para você, Guido. Mas prefere que seja assim? Não seria melhor libertar-se deste fardo?

— Eu gosto que seja assim, para sentir a minha individualidade preservada e para que ela não seja maculada pela da multidão. Preciso desse segredo como preciso de comida para viver. Se o revelasse, no fundo tentaria inventar outro e sabe-se lá aonde esse mar turvo que carrego dentro de mim poderia me levar. Desde os povos primitivos, o que unia as pessoas eram os segredos transmitidos dos velhos aos jovens. No fundo do seu ser, você se acha muito diferente de um homem primitivo? Todos nós temos um mar turvo por dentro. Você também tem. Aceite isso agora. Vai desperdiçar sua vida se não o fizer. E não tenha medo da solidão, porque, quanto mais você evoluir espiritualmente, mais difícil será se comunicar com os outros. O diálogo mais valioso será com a sua paz interior, e todos os medos dos outros, aqueles que tiram o sono das pessoas ao seu redor, parecerão um insulto ao seu crescimento espiritual. Mas não os julgue, acabaria por dar passos atrás no seu caminho interior, porque tudo depende do peso que cada um dá às imagens do pensamento.

Guido pegou e quebrou também aquele palito de dente que segurava firmemente entre os lábios havia alguns minutos e colocou-o no bolso da calça, dando-lhe o mesmo destino do palito anterior.

— Muito bem — exclamou ele. — Tenho que me despedir.

Um barulho alto vindo dos arbustos me fez estremecer e virar instintivamente. Era como se alguém atrás de mim tivesse atirado uma pedra grande nos espinhos duros e secos que cruzavam as árvores.

Olhei atentamente para a vegetação rasteira e escura, mas não vi nada diferente de antes. Decidi não dar muita importância àquele barulho entre os ramos e, passados alguns instantes, voltei o olhar para Guido.

— Foi um prazer...

Porém não tive tempo de terminar a frase: percebi que dele só restava aquela linda rosa.

Guido já não estava mais lá.

Antes de retomar o caminho rumo ao desconhecido, vasculhei os bolsos em busca do último papel encontrado. Pensei que podia ver se havia mais alguma pista escondida sobre o autor, uma que me ajudasse a entender melhor a mensagem transmitida.

Relendo o texto, percebi mais uma vez um convite para chegar ao cume: era como se alguém quisesse me encontrar naquele ponto, no topo da montanha que estava subindo.

Eu sabia que era muito perigoso, mas queria tentar. Joshua chegou segundos depois que o chamei. Voltou obediente e parecia confiar cegamente em mim e em cada palavra minha.

Prosseguimos juntos pela trilha.

As palavras de Guido e sua relação com os animais tinham me deixado perturbado, mas ao mesmo tempo eu sentia uma vontade de viver ainda mais intensa do que em qualquer outro dia passado na Terra. Eu tinha um propósito, que me absorvia e me nutria.

Caminhei alguns metros, continuando a subir. Naquele caminho estreito, havia uma imensidão de cores, como meus olhos nunca tinham podido apreciar.

Eu estava em um ponto em que a trilha ziguezagueava repetidamente, e era impossível ver o que me esperava em seguida. E provavelmente aquela sucessão contínua de curvas ajudou a esconder alguém que havia colocado mais um pedaço de papel no chão.

Corri sem pegar o papel, na esperança de ver escapar o autor daquela brincadeira, que agora ganhava características de desafio, de missão. No entanto, apenas a paz e o silêncio reinavam.

Recuei e voltei para pegar aquela sequência de letras que sujava o branco da folha.

O verde das tuas emoções
corre em minhas veias
como seiva clara,
alimentada pela pulsação dentro de mim
das batidas da natureza.
Como és rica em beleza
e herdeira de paz.

Depois de ler a nova mensagem, convenci-me de que não tinha nada a temer. Essa pessoa misteriosa que me perseguia queria que eu entendesse alguma coisa.

Mas por que ela queria isso era um ponto de interrogação fixo em minha mente.

— Tem alguém aí? — gritei.

Não obtive resposta.

A única reação que observei foi a fuga de um bando de corvos, que, assustados com o barulho de minha voz, abandonaram a árvore acima da minha cabeça e se dirigiram ao topo de um lariço à frente.

Nunca tinha visto tantos pássaros daquela espécie se agrupando por medo. Muitas vezes ouvi falar de habilidades metafísicas atribuídas aos corvos, mas naquele momento tive a prova de que o medo havia dominado seu instinto e eles não tinham nada de diferente de todos os outros seres vivos.

Já tinha acontecido comigo de deixar-me influenciar pela superstição humana e amaldiçoar o grasnado estridente de um corvo próximo a mim ou a passagem de um gato preto à frente do meu carro.

Desde que cheguei àquele lugar, percebi como eram estúpidas essas crenças.

As penas pretas daqueles pássaros brilhavam, brincando com a luz do sol que fazia os reflexos roxos em suas asas resplandecerem como diamantes.

Guardei aquele último papel e continuei percorrendo a trilha e suas curvas contínuas, que de vez em quando pareciam mudar a direção dos meus passos.

Eu não conseguia medir a altitude em que me encontrava, mas tinha certeza de que me aproximava do topo.

Depois de passar por mais uma curva, ouvi um leve barulho de água, como se houvesse uma fonte muito perto de mim. Estávamos separados por um denso nó de espinheiros, que impedia a passagem.

Peguei um pedaço de pau para abrir caminho por aquele entrecruzamento de espinhos. Não foi tarefa fácil, mas consegui criar um espaço entre os galhos e, com um salto, mergulhei na grama e em suas margaridas. Joshua se juntou a mim com a mesma curiosidade e o mesmo entusiasmo.

O barulho de água que antes chegava levemente aos meus ouvidos agora parecia mais próximo.

Levantei-me e vi uma nova paisagem, majestosa e inesperada.

VII

A POUCOS PASSOS DE MIM, UM RIACHO DESLUMbrante refletia a luz do sol.

Sentia-me cansado e começava a sentir sede, mas aquele cenário tão sereno chegava a ser restaurador. Mergulhei o rosto na água e bebi com avidez. Depois, sacudi os cabelos, enquanto Joshua, um pouco hesitante, umedecia a língua, até começar a beber com mais ânsia.

Eu não entendia a força que vinha de dentro de mim, mas me sentia tranquilo e seguro de estar no lugar certo e na hora certa.

Parecia que tudo ao meu redor fazia sentido e estava no lugar. Eu também parecia ter um sentido e um lugar ali. Percebia uma aura em volta do meu corpo, algo místico. Tudo me fazia bem como nunca.

Quantas vezes me perguntei: por que existimos? Existe um propósito na vida? Estou fazendo o que posso e devo para alcançar esse propósito? Mas pensar nas respostas a essas perguntas parecia uma perda de tempo, tempo em que poderia estar trabalhando, acumulando dinheiro, curtindo as mídias sociais em busca de sorrisos de aprovação.

Apoiei-me em uma pedra que poderia acomodar pelo menos três pessoas do meu tamanho, e a visão de quatro passarinhos sendo alimentados pela mãe me emocionou. Tirei a camiseta e os sapatos e desabotoei os botões da calça para também tirá-la.

Coloquei as roupas no chão e lentamente mergulhei as pernas na água fria que refrescava aquela tarde quente de verão.

Estava prestes a cometer um erro pelo qual nunca me perdoaria: molhar o relógio do meu pai, que não era à prova d'água, e estragá-lo ou quebrar os ponteiros seria para mim uma verdadeira tragédia, como um luto. Cada vez que ouvia o seu tique-taque marcando os segundos, sentia-me de fato acompanhado pelo meu pai. Desde o dia em que minha mãe me deu, tive a sensação de me sentir menos sozinho, como se estivesse preso no abraço daquele objeto. Muitas vezes sonhava que meu pai me segurava pela mão, bem no pulso esquerdo. Imaginava seu rosto, seu olhar, mesmo que não tivesse uma imagem perfeita dele na minha cabeça, ainda que minha mãe tivesse me mostrado algumas fotografias suas.

A ideia de que até o dia de sua partida para a guerra ele tinha amado aquele objeto, tão mecânico e inanimado, preenchia, pelo menos em parte, o vazio que havia em mim por nunca o ter conhecido. Pensei na frase que aquele homem tinha dito à minha mãe no momento de sua partida:

— Dê este relógio ao nosso filho... Caso eu nunca mais volte.

Eu ainda não havia nascido quando meu pai disse isso, mas era como se tivesse vivido aquela história várias vezes, como espectador.

As lágrimas escorreram dos meus olhos até chegarem aos lábios, mas não me sentia necessariamente triste. Uma doce melancolia tomou conta de mim. Esse sentimento me pedia para ser ouvido, queria ser visto e acolhido como uma parte cheia de luz do meu ser. Contra toda a lógica, percebi que não se tratava de uma sombra. Aquela melancolia era uma busca pelo amor, um elo com a sensibilidade e a energia do mundo, uma ponte para a parte secreta do universo; eu precisava apenas encontrar coragem para seguir caminhando guiado pela beleza.

Joshua percebeu, começou a miar e, com tantos pulinhos, aproximou as patas de mim e tentou me convidar para brincar com ele, fingindo que estava tentando escapar.

— Vem aqui, lindo — chamei.

Acariciei-o vigorosamente e ele, apertando meu pulso com as patas, me fez sentir suavemente a ponta de seu canino afiado, me convidando a ir mais devagar.

Numa tentativa de me afastar daquelas lembranças, saí da água límpida para colocar o relógio onde havia deixado as roupas e depois, enfim, mergulhei no riacho, o que imediatamente melhorou meu humor, agora menos melancólico.

Não entendi por que sentia uma vontade tão grande de me banhar. A única certeza que tinha era de querer fazer parte daquele cenário que, visto de fora, transmitia uma paz sem limites. Era algo desconhecido, que me fazia falar com o corpo antes mesmo do que com palavras.

Inicialmente, uma onda de frio apoderou-se dos meus músculos e a minha pele tentou se defender do frio, enrijecendo-se. Fazia muito calor naquela tarde, mas meus dentes começaram a bater.

Quando finalmente mergulhei e comecei a movimentar os membros, as sensações mudaram: eu estava bem, me sentia tomado por aquela paz que, até poucos segundos antes, eu só conseguia imaginar de fora, e que agora era uma parte viva de mim.

Já haviam se passado dois dias desde que meu coração estava em constante alerta, o tempo todo pronto a lembrar que a correria estaria sempre por perto, mas que era possível acalmar minhas dúvidas e meus medos vivendo uma vida plena. Era como se eu vivesse uma existência alternativa à anterior, muito mais feliz. Uma outra vida na minha vida. Uma que tinha acabado de começar.

Se eu tivesse certeza de que o Sr. Carter compraria a casa, não sei quantos dias teria levado comemorando a venda antes mesmo que ela acontecesse. Mas, agora, apesar de ter a assinatura do comprador no contrato e a certeza de ter alcançado meu objetivo financeiro, entendi que nada disso me satisfez tanto quanto estar nadando em um lugar tão celestial e imaculado como aquele, de onde poderia até beber a água, sem medo de uma intoxicação.

Entendi que a vida monótona na cidade foi construída propositalmente para esconder os significados mais importantes da existência e, portanto, extinguir pela raiz todos os impulsos que sentimos para confiar em emoções simples, profundas e duradouras. Naquele lugar, naquele momento, eu não tinha nada, mas me sentia pleno. Pleno e consciente de todos os meus sentidos. Cada pequena sensação era ampliada por todo som, toda vibração, todo movimento das plantas, das flores e da água. O que meu olhar percebia fora de mim, minhas emoções vivenciavam como uma parte inerente minha. Tudo estava conectado. Sentia a paz da água e do céu, não havia mais o meu "eu", havia apenas um grande "nós". Se as pessoas no trânsito da cidade pudessem perceber esse sentimento de plenitude, então a necessidade de julgar a si mesmas e aos outros também desapareceria.

De fato, a maior parte das pessoas pensa que conhece a verdade. Acha realmente que pode distinguir o que é bom do que é ruim. Os pais, muitas vezes, sentem-se no direito de forçar as escolhas dos filhos sobre o futuro. Não se deve pensar que nos cabe viver também a vida de um filho, de um amigo ou de uma esposa.

Conselhos podem ajudar. Imposições, não.

Nenhum de nós é Deus. Todos nós podemos apenas nos considerar portadores de experiências, e temos que ter o cuidado de não prejudicar essas experiências com preconceitos pessoais.

As palavras de Attilio sobre a liberdade teriam despertado em mim uma semente, capaz de germinar naquele riacho.

Sempre imaginei que com bastante dinheiro eu poderia comprar tudo o que quisesse, que seria dono da cobertura mais legal da cidade, mas certamente nunca imaginei estar tão bem, nu, em um riacho.

Esse pensamento me convenceu de uma coisa: uma nova vida havia começado para mim, talvez a única que realmente valesse a pena ser vivida. Me sentia mais lúcido, era como se a pureza daquela água tivesse me ajudado a me tornar mais claro por dentro.

Mergulhei várias vezes a cabeça e balancei-a no ar, sentindo-me leve e livre. Consegui liberar toda a minha tensão nadando naquele lugar. Diante dos meus olhos, se estendiam uma longa linha de pinheiros, com suas folhas em forma de agulha balançando ao sopro do vento, e arbustos de zimbro, com os frutos preto-azulados, pintando um quadro impressionante.

O céu estava muito claro, e não havia mais vestígios da chuva de verão.

Resolvi voltar à pedra onde tinha deixado minhas roupas. Tinha a sensação de ter me afastado demais, tomado pela euforia que aquele lindo lugar havia me proporcionado.

Quando cheguei lá, após algumas braçadas, notei que um jovem havia se aproximado. Estava sentado tranquilamente na grama e parecia não ter notado minha presença.

Tinha cabelos longos e de um castanho brilhante, traços marcantes, olhos muito claros, camuflados por um par de óculos de armação azul, nariz adunco, boca rosada bem desenhada. Sua barba estava desgrenhada e tinha o mesmo tom de seu cabelo. Vestia uma camiseta vermelha de manga curta, enrolada nos ombros como uma regata, e uma calça azul que cobria parte do tênis branco.

Ele tinha um caderno apoiado nas pernas e segurava uma caneta que, naquele momento, fazia tique-taques ritmados no papel.

Era esbelto, ou assim me pareceu de onde eu estava. Parecia estar esperando alguém ou simplesmente à procura de inspiração para preencher aquele pedaço de papel com tinta.

Olhava Joshua com admiração, que por sua vez observava cuidadosamente cada peixinho emergir da água, estendendo cada vez mais a pata em direção à corrente, sem sucesso. O gato parecia indiferente ao homem sentado a poucos passos dele.

Limpei a garganta para permitir que notasse minha presença, mas ele não mudou nem um pouco a atitude. Permaneceu olhando para aquela folha de papel, girando a caneta preta entre os dedos.

Aproximei-me da pedra. Eu estava completamente nu, mas não me sentia nem um pouco desconfortável. Era como se eu tivesse abandonado o pudor e, portanto, o desconforto que dele derivava, comuns na cidade caótica ao pé daquela colina.

Tentei me secar o máximo possível com minha camiseta e coloquei a cueca.

Ele permaneceu imóvel, com os olhos fixos no papel.

Eu estava prestes a me aproximar quando ele quebrou o silêncio:

— Boa tarde!

Naquele instante, percebi que talvez ele pudesse ser o autor das mensagens e frases que atormentaram minhas horas. Afinal, ele tinha consigo uma caneta e muitas folhas. E não parecia surpreso em me ver.

— Boa tarde! — respondi hesitante. — O que o traz aqui?

— O motivo? — reagiu ressentido.

Ele largou a caneta e olhou com seus olhos azuis dentro dos meus.

— Você acha que é necessária uma permissão especial para estar neste lugar? Você quer fazer deste vale uma vítima das leis humanas também?

— Eu quis dizer — continuei — aqui ao lado das minhas roupas.

O homem colocou o caderno no chão e respondeu suspirando:

— Estou caminhando por essa esplêndida montanha desde cedo, e a visão de uma possível presença humana me deu vontade de conversar! Pode ser?

Com aquela resposta, eu tentaria tirar minhas dúvidas: senti que esse cara poderia ser a pessoa que eu procurava.

— Você já observou o nascer do sol daqui? — perguntou-me.

— Não, é a primeira vez que visito este lugar. Quando cheguei, o sol já tinha nascido — respondi, seguro.

— Ver o sol lançar seus primeiros raios e tocar todas essas criaturas é como renascer. Antes de vivenciar ao vivo essa emoção e esse espetáculo, não pensava que fosse possível saborear a natureza de verdade, satisfazendo-se com as emoções que dela derivam, mas, depois dessa descoberta, acho que não consigo mais viver sem ela.

"Como muitas pessoas, sempre achei que a racionalidade e o compromisso que os estudos exigiam de mim eram mais importantes e produtivos do que a abstração em deixar-me deslumbrar pela luz do sol, mas eu estava errado. Lembro-me que um dia uma pessoa me contou sobre a existência deste lugar preservado e da liberdade que o seu espírito sentia ao visitá-lo. Bem, eu não acreditei em uma palavra que saía da boca dessa pessoa.

"Tive a certeza de que se tratava apenas de um passatempo. Eu levava os dias a estudar, à procura de respostas para as minhas questões existenciais, mas sempre me deparando com intermináveis novas perguntas. Durante aqueles longos dias, não sabia por que não era capaz de expressar, da melhor forma, tudo o que tentava em vão gravar em minha mente. Quando eu estava no ensino médio, os meus pais jogavam na minha cara o apoio financeiro que me davam para estudar, o que me obrigava, mais por culpa do que por vontade, a passar os dias com a cara nos livros.

"Em uma tarde de março, vencido pelo desânimo por ter ido mal em uma prova na faculdade, decidi quebrar aquelas regras que desde os tempos de escola me foram transmitidas, até se tornarem hábitos. Vim a esta montanha pela primeira vez, e então a minha situação mudou radicalmente. Passei a visitar outros lugares como este, na companhia dos meus livros. Com isso, aprendia muito mais, gastando metade do tempo que antes e, ao mesmo tempo, saía carregado da energia infinita desses lugares.

"A natureza está disposta a ajudar e a se comunicar com quem a procura e a respeita. Somos feitos de natureza e, se nos conectarmos a ela, também nos tornamos criadores de tudo. Essa é a verdadeira forma de tornar a nossa existência importante, lutar contra isso é como agir como aquele homem que, pelas dores que sentia nas pernas, decidiu cortá-las, convencido de que estaria aliviando seu tormento interior, além do físico."

O jovem então passou a mão pelos cabelos e interrompeu o monólogo que havia prendido toda a minha atenção.

Olhei para seu caderno e percebi que ele não trazia nenhum livro, exceto aquele maço de papéis.

— E você, o que faz aqui? — perguntou-me, então.

Era a pergunta que não queria que me fizessem, mas uma hora teria que respondê-la.

— Descobri este lugar por acaso, mas acho que vou me lembrar dele por muito tempo.

O rapaz compreendeu imediatamente que se tratava de um assunto sobre o qual eu não diria mais nada.

Percebi que não conseguia falar sobre mim mesmo. Na cidade, não parava de proferir discursos sobre a sociedade, o trabalho e as perspectivas econômicas futuras, mas ali eu me sentia incapaz de falar qualquer coisa a meu respeito. Todas as pessoas que eu tinha encontrado até aquele momento expressaram suas emoções, confiaram segredos, sonhavam com o futuro de uma forma absolutamente nova para mim.

Era como se alguém tivesse tirado de repente o véu que cobria meus olhos. Muitas vezes falamos em "mãos nuas", nos referindo à coragem de enfrentar algo ou alguém sem armas, sem ferramentas, sem luvas. A partir daquele dia, eu me sentia com os "olhos nus", como se o que visse pudesse interferir diretamente nas emoções mais ocultas e, portanto, mais fecundas da minha alma.

Eu queria me enriquecer com as experiências dos outros, mas me inibia se os holofotes estivessem voltados para as minhas.

— Estou caminhando por essa grama há oito horas — continuou ele —, e parece que estou andando há umas duas horas no máximo...

— Não há dúvida quanto a isso! — respondi, sentando-me ao seu lado para secar a pele e o cabelo ao sol.

Eu conseguia controlar minha respiração, e sentir meu peito inflar para respirar me fez sentir cheio de vida.

— Lembro que, quando criança — continuou ele, colocando o caderno no chão —, eu abria os olhos pela manhã e tinha a impressão de que estava diante de um dia muito longo. Parecia que as dez horas da manhã estavam a séculos de distância das dez da noite. Cada dia passava mais devagar, e todas as emoções nadavam dentro de mim com vagareza.

"Aquela tristeza, que tanto me fazia chorar, parecia inesgotável e, da mesma forma, a felicidade era como a visita inesperada de um amigo, uma felicidade sem limites. Na infância, eu me sentia muito longe do mundo dos adultos. Depois, à medida que fui crescendo, tudo mudou. Comecei a perceber isso na escola: os primeiros anos do ensino fundamental eram intermináveis, os últimos também, mas, a partir do ensino médio, janeiro parecia chegar de braços dados com o frio apenas poucos dias após o início do ano letivo.[1] Neste momento, estou

---

1. O primeiro semestre do ano letivo na Itália começa em setembro e termina em janeiro (N.T.).

ciente de que minhas palavras, daqui a poucos instantes, farão apenas parte de nossas memórias. E uma criança nem consegue imaginar isso."

Ele olhou para a água e, com ar sonhador, não perdeu de vista nem por um momento um graveto que era carregado pela corrente.

— Nós nem nos apresentamos — disse ele de repente.

— Meu nome é Morfeu.

Ele estendeu a mão para mim e eu fiz o mesmo.

— Prazer, Christian!

Fez-se um momento de silêncio após nossas apresentações, enquanto o vento esvoaçava meus cabelos ainda úmidos. O ar quente que acariciava meu corpo contribuiu para que eu me sentisse cada vez mais à vontade.

— Você tem um nome diferente, como o deus dos sonhos... — disse eu.

— Escolhi de propósito.

— Você escolheu seu nome? — perguntei, surpreso.

— Não podemos entrar aqui com o nome com o qual nos identificamos na cidade. Aqui somos diferentes. Aqui renascemos, podemos experimentar a plenitude da existência porque nos completamos com o que falta na vida social e caótica cidade, mesmo sendo algo necessário a todo ser humano, como comida e água. Aqui falamos *conosco*, não com aquele eu que desejamos ou que precisamos mostrar aos outros, o eu que acaba por condicionar completamente a nossa existência.

— Você fala como um velho sábio e ainda assim é muito jovem. Muitos já devem ter lhe dito isso.

— Nascemos duas vezes: uma fisicamente e outra espiritualmente. Nasci fisicamente há poucos anos, é verdade, mas desde cedo me tornei consciente de que também tenho um espírito. Esse espírito deve ser descoberto, receber cuidados e ser estimulado a crescer. Caso contrário, permaneceremos imaturos, com medo e indefesos diante de qualquer acontecimento inesperado. E o corpo é impermeável à natureza: pode tocá-la, senti-la, cheirá-la, mas não pode deixá-la entrar nele. O espírito, por sua vez, pode fundir-se com a natureza, com a alma eterna do tempo. Havia anos, eu visitava paisagens naturais maravilhosas, mas que me pareciam apenas belas vistas panorâmicas. Limitava-me a tirar algumas fotos e fingia que me emocionava, um pouco como todo mundo faz. Mas, dentro de mim, lá no fundo, nada acontecia quando as observava, pelo menos não até descobrir que eu tinha um espírito. Agora, as vistas panorâmicas já não existem; eu olho para o céu e sou o céu, olho para o mar e sou o mar, olho para a neve e sou a neve. Treinei meu espírito para crescer, alimentei-o aos poucos e, juntos, nos tornamos testemunhas vivas de cada energia que há no mundo.

— Quando foi a primeira vez que você percebeu que tinha espírito?

— Tinha doze anos, estava muito triste por causa de um dilúvio que não me deixou ir a uma festa com Alice, a menina por quem eu estava apaixonado. O tempo sem ela me parecia interminável e, olhando pela janela, amaldiçoei aquele temporal, batendo os punhos. Então, senti uma consciência iluminar-se como um raio dentro de mim: eu não era o dilúvio, não era aquela chuva torrencial, não era aquela tempestade, eu era o céu. E acreditei nisso verdadeiramente. Daquele dia em diante, uma parte de mim, que estava escondida no escuro, sentiu-se reconhecida: o símbolo externo e a realidade interna foram subitamente unidos como em um pacto de sangue, porque fui capaz de traduzir essa conexão em palavras, fui capaz de libertar aquela frase que guardava a vinda do meu espírito ao mundo, como uma pérola.

— Você fala como se fosse fácil libertar frases, compreender seu significado, perceber símbolos. Mas como pode uma pessoa inexperiente compreender todas essas coisas? E, principalmente, como um indivíduo que nunca sequer se questionou sobre a existência de algo além do lucro imediato pode começar a dialogar consigo mesmo?

— Até essas pessoas a quem você se refere têm uma reserva de convites ao autoconhecimento, com que podem começar todos os dias. Nossos sonhos articulam melhor do que as palavras o que guardamos dentro de nós; eles o fazem por meio de uma linguagem tão antiga e universal que é capaz de nos conectar diretamente ao espírito de tempos eternos, onde não existe distinção entre presente, passado e futuro, onde tudo simplesmente *é*. O sonho é a representação mais bem-sucedida do presente vivido apenas como tal, dirigido pela força da alma, livre para ser ela mesma sem imposições da consciência. O sonho é o descanso da consciência, não da psique.

"Antes de dormir, sempre converso com minha alma: peço a ela que se comunique comigo durante o sono, que me traga imagens que eu possa integrar à minha consciência após analisá-las. A alma é tímida, demora para responder. Não trará respostas na primeira noite e provavelmente nem na segunda. Depois, muda, e, quando a alma começar a confiar em você, ficará surpreso com quão frutífero será o seu diálogo com ela. Ela vai desabrochar como uma flor de lótus.

"Todos os nossos problemas não resolvidos estão no inconsciente e não podem ser confrontados com a consciência enquanto estiverem em seu estado puro e natural. Quando o inconsciente está saturado de problemas, sempre deixado no escuro e nunca realmente considerado uma "unidade viva", ele de repente dá um chute na consciência, cria apagões, nos faz ter sintomas mais ou menos graves de mal-estar. Todas as nossas guerras internas são falhas de comunicação entre o inconsciente e a consciência. Quando sonhamos, porém, o inconsciente é livre para viajar e transmitir imagens aos nossos olhos mesmo que estejam fechados, aos nossos ouvidos mesmo que haja silêncio no quarto, ao nosso toque mesmo que as nossas mãos estejam apoiadas nos lençóis, ao nosso olfato mesmo que o cheiro ao nosso redor não tenha mudado e ao nosso paladar mesmo que não tenhamos nada em contato com a nossa língua. Você já sonhou que estava comendo um bolo?"

Morfeu me olhou nos olhos e esperou minha resposta.

— Não me lembro se era um bolo, mas, sim, lembro-me de ter comido algo em um sonho.

— Com certeza você sentiu o sabor daquela refeição e reconheceu se era doce ou salgada. Como foi possível sentir com a língua um sabor que nunca chegou à sua boca? As sensações de prazer ou desgosto eram reais, certo? As imagens internas são muito mais poderosas do que as que vemos externamente, e a realidade é exatamente o oposto do que todos querem que acreditemos.

"Crescemos sendo dependentes de tudo o que é externo, mas achamos que somos mais evoluídos do que qualquer outro povo no passado. Apenas a concentração humana é capaz de nos levar a superar as provas mais impensáveis, no limite do possível, provas que a ciência dificilmente consegue explicar. Equações químicas centenárias podem ser questionadas por autênticos prodígios da mente.

"Quando nossos olhos estão fechados e nosso corpo está pronto para isso, o cérebro permite que os tecidos vitais relaxem e entrem no chamado sono REM. A partir desse momento, o inconsciente domina todo o corpo. Ele viaja e não leva mais consigo o escudo que o protege da fraqueza de expressar os próprios limites a si mesmo. Muitas vezes, durante o sono, vivenciamos experiências fantásticas, impensáveis com os olhos abertos, que por vezes nos parecem abstratas, mas não o são; em cada uma delas está escondida uma parte muito íntima de nós mesmos, a mais profunda, aquela que pode nos machucar, mas também nos curar.

"Enquanto sonhamos, de fato, o inconsciente experimenta todas as potencialidades fechadas à consciência. Ele dispõe de conteúdos 'esquecidos', de aspectos negligenciados e subliminares. A psique está submetida a uma autêntica centrífuga de sensações; não analisar esse material significa inutilizar as energias psíquicas consumidas. Durante os sonhos, ganhamos vida nova, por meio de partes de nós que a racionalidade escondeu durante o dia."

Enquanto Morfeu falava, entendi o motivo da escolha daquele nome incomum e um fluxo de pensamentos me atravessou.

Percebi que antes eu não queria analisar, não queria investigar imagens que percebia durante os sonhos, porque todo aquele esforço seria, antes de tudo, cansativo, mas também porque teria me feito perder um tempo que considerava precioso.

Mas e se eu estivesse vivendo na sombra até aquele dia? E se tudo o que eu considerava luminoso fosse apenas o reflexo de uma pequena luz artificial, para mim a única forma possível de enxergar algo ao meu redor? Compreendi o erro que cometia ao camuflar constantemente minhas emoções, a fim de parecer como os outros preferiam que eu fosse. Será que meu inconsciente teria se rebelado se eu tivesse continuado a viver assim? E se reprimir ou fugir dos problemas fosse como acender um pavio de complicações prestes a explodir, com o efeito surpresa de uma bomba invisível para os outros, mas prejudicial a qualquer parte do meu corpo?

Ao observar em mim mesmo a imagem criada pela palavra "bomba", o estranho sonho que tive na noite anterior me veio à mente. Morfeu estava determinado a observar o céu azul e decidi compartilhar com ele minhas reflexões.

— Ontem à noite, tive um sonho muito particular. Eu estava em um lugar lindo, cheio de paisagens naturais exuberantes que dançavam ao som do canto dos pássaros. Um lugar parecido com este, mas com muito mais prados. Experimentei a sensação de voar e, ao levantar as pernas do chão, notei uma fumaça espessa e acinzentada que se aproximava ameaçadoramente de mim. Ouvi, então, um estrondo que interferiu na liberdade que eu sentia ao me aproximar do sol. Comecei a cair e senti vertigens por todo o corpo até que, a poucos centímetros do contato com a grama, acordei assustado.

Terminei a história e Morfeu acenou com a cabeça.

— O que te dá tanto medo? A fumaça acinzentada não é preta nem branca, é a imagem da incerteza. Durante o sonho, você estava caindo nela. Se quer um conselho, enfrente seus medos, sejam eles quais forem. A explosão e o desnorteio resultante me dão a ideia de algo inesperado e incerto que, em um momento feliz de sua vida, representado pelo azul do céu e pela sensação tranquila de voar, se apresentou e bateu em sua porta.

"Ao comportar-se como no sonho, ou seja, ao fugir, ao acordar, você permite que essa nuvem abra as portas das suas emoções, chegando até seu corpo físico, o que pode levar a sintomas físicos condicionantes. Se não quiser fornecer a si mesmo as chaves dos sintomas de uma doença, você não deve ter medo. Só assim continuará a voar pelo céu azul sem ser perturbado, tocando o sol como antes do estrondo."

Embora eu só tivesse contado a ele sobre um sonho que durou pouco mais de dez minutos no meu sono REM, Morfeu me ofereceu uma crônica detalhada dos dias que eu estava vivenciando. Talvez ele tivesse mesmo razão, e tudo o que sentimos já fizesse parte de nós, sendo impossível afastá-lo apenas com a lógica, com a racionalidade.

A partir daquele momento, tudo me pareceu mais simples, e eu não queria que meu inconsciente fosse dominado pela concretude dos meus pensamentos conscientes. Estamos habituados a pensar que a vida na cidade é caracterizada pela simplificação. Todos os serviços parecem querer facilitar tudo, mas e se isso for apenas uma grande ilusão? E se não passar de uma forma de complicar até as coisas mais simples? Senti que precisava fazer do meu inconsciente um amigo, para então me libertar dos sonhos assustadores que ele às vezes produzia.

A brisa quente e o calor do sol tinham secado completamente minha pele e meus cabelos. Então, decidi vestir rapidamente minhas roupas e colocar o relógio no pulso.

— Você vai embora? — perguntou Morfeu.

— Sim — respondi. — Tenho que ir, mas foi um prazer conhecê-lo.

— Para mim também. Isso vale tanto para você quanto para seu gato, ele conversou muito comigo também. Obrigado — completou.

Apertei-lhe novamente a mão e, depois de um sinal com a cabeça, despedi-me com os olhos e parti, acompanhado por Joshua e pelo barulho do rio, em direção àquela pequena trilha de onde havia vislumbrado a água, exatamente na direção oposta àquela que eu havia tomado para chegar ali.

Depois de me refrescar, eu me senti melhor.

Tinha sido minha força interior, ou talvez meu inconsciente, ou talvez minha alma, ou talvez todos eles juntos, que me convidaram a desejar, ardentemente, me purificar naquele riacho.

Caminhei hesitante pela trilha que, em linha reta, subia por entre árvores, arbustos, musgos e espinhos.

VIII

Examinei os ponteiros do relógio apressadamente, como se já soubesse as horas e não me importasse com o que o ponteiro mais curto daquele dispositivo mecânico indicava. Já passava das três e meia da tarde, e até essa hora eu ainda não tinha sentido fome.

Só me dei conta naquele momento. Meu estômago começou a doer e a protestar contra meu cérebro, acusando-o de demora e imprudência. Não será talvez o hábito que nos condiciona mais do que qualquer outra coisa e força o nosso corpo a comportar-se como um relógio?

Balancei a cabeça e olhei para a natureza ao redor, procurando algo para comer, mas não vi nada além de grama, folhas, espinheiros, arbustos e pinhas. Resolvi continuar caminhando, na esperança de encontrar uma solução para saciar minha fome... e a fome que imaginei que Joshua também sentia.

Só depois de alguns minutos é que finalmente encontrei algo que adormeceu meu crescente nervosismo, acalmando-o lentamente, como uma pequena gota de anestésico que, caindo sob a língua, dá um vislumbre de calma ao caos.

Eu me vi perto de um majestoso e espinhoso pé de framboesa: seu perfume era inconfundível, e o vermelho ardente que decorava o arbusto verde estimulava ainda mais o meu apetite. Não resisti à tentação imediata de estender a mão e comer aquela fruta que me parecia tão pura e cheia de vida: arranquei-a dos ramos e me pus a saboreá-la, sorvendo seu suco perfumado. Tinha um sabor açucarado, sua seiva acalmava minha sede e saciava minha fome. Colhi mais framboesas daquela mesma árvore e suguei o conteúdo com cada vez mais avidez.

Olhando em volta, notei a presença de outros pés de frutas, pés de mirtilo e um arbusto de amora. As frutas pretas com tons arroxeados me lembraram os passeios com meu avô, que gostava delas. Provei as frutas, ambas com um sabor muito intenso e suculento. Estavam bem maduras e refrescaram meus lábios; percebi a espontaneidade da pureza como nunca.

Os sucos que eu costumava comprar no supermercado não chegavam nem aos pés do sabor intenso que saboreava naquele momento.

Fiquei preocupado com o que Joshua iria comer, convencido de que ele não gostava de framboesas, as quais cheirou com cautela. Deixei algumas para ele na grama, ele pressionou levemente a fruta com a pata, depois me examinou antes de engolir uma. Entreguei-lhe mais um punhado e Joshua miou contente.

Tive consciência de que o dinheiro e o lucro imediato são sempre os frutos preferidos de quem nos domestica na cidade, mas refleti sobre esse aspecto pensando pela primeira vez em quanta "orfandade" existe naqueles que não conseguem sentir emoções como aquela que eu estava sentindo. Tive compaixão.

Mas não uma compaixão no sentido de pena. Era mais uma sensação de dor ao perceber a imaturidade espiritual escondida no peito de pessoas submetidas a imperativos puramente materiais.

Compreendi que aquelas pessoas carregavam um fardo muito mais pesado do que todas as outras, porque tinham que administrar não apenas a própria consciência, mas sobretudo uma criança imatura e petulante trancada dentro do peito, um garotinho insaciável, sempre pronto para choramingar porque não conseguiu o que queria. Eram eternas crianças, repreendidas e castigadas diariamente pela consciência.

E a consciência daquelas pessoas funcionava como um bloqueio para o crescimento daquela criança interior insatisfeita, convencida de que podia comprar o amor com dinheiro ou com o reconhecimento pelo que não era de fato, porque nunca chegaria a um acordo com seu mundo interior.

Senti-me inseguro, mas uma parte profunda de mim estava cheia de confiança. Sentia-me fraco, mas uma parte de mim nunca se sentiu tão forte. Por que o dinheiro me atraía tanto? Por que eu estava sempre querendo mais? Não podia ser apenas uma questão de prestígio, de poder, de satisfação de novos desejos. Entendi que o dinheiro produzia em mim outro efeito: não me fazia pensar na morte.

Quanto mais ganhava, mais me sentia no direito de me considerar imortal, como se o dinheiro garantisse passagem para "projetos eternos". Sempre tive medo de morrer, desde criança, mas, naquele momento, entendi que precisava de uma mudança de perspectiva. O meu medo da morte era apenas a ponta do iceberg. Debaixo do mar turvo estava a verdadeira razão desse meu sentimento: eu não aceitava ter nascido. Se eu tivesse acolhido a minha vinda a este mundo, teria compreendido verdadeiramente a morte como a consequência necessária do nascimento.

A natureza humana é de fato mortal; não aceitar isso significa nunca ter nascido. Essa é uma percepção muito complexa, especialmente porque a nossa sociedade enterrou tal sabedoria; uma das provas disso é ver como a reflexão sobre a morte ficou banida de todos os debates públicos.

Falar da morte não significa falar das rugas do envelhecimento, através das quais uma energia escura e misteriosa penetra e desfaz lentamente o nosso corpo; essa é a parte visível da morte, a de pouca importância justamente porque é feita de matéria, limitando-se à descrição dos médicos-legistas.

Falar da morte é falar da imensidão, do absoluto, é buscá-los.

Falar da morte é falar do mundo sem precisar fazer parte dele.

A liberdade de falar sobre a morte é sabedoria.

Não podemos apreciar o sol se não aprendermos a amar sua presença graças à privação de luz que uma longa tempestade nos traz. Era o que eu ainda não tinha compreendido e que agora me parecia tão claro.

Uma melancolia singular me envolveu: percebi o mal-estar e a tristeza que sentia ao idealizar o dinheiro como paradigma a seguir em minha vida.

Ao mesmo tempo, apreciar a paisagem ao meu redor me enchia de paz.

— É uma pena, Jo, que poucos tenham visto lugares como este. Só de imaginar que até poucas horas atrás eu não estava entre eles...

Ri de mim. Tinha chamado o gato por um novo apelido: até hoje de manhã ele nem tinha um nome. Chamamos as pessoas e os animais assim apenas quando temos certeza de que algo deles permanecerá conosco para sempre, na intimidade do nosso tempo que está por vir.

Continuei a comer framboesas, mirtilos e amoras até me sentir saciado. Não consegui medir com precisão a distância percorrida em busca de alimento, mas sabia que havia me afastado bastante do riacho, porque o som da água não chegava mais aos meus ouvidos.

A grama era exuberante, mas apenas em algumas partes do caminho. Era a prova da presença humana. Caminhamos ainda mais, a trilha era agora uma longa linha reta, ainda que eu não conseguisse observar com clareza o que vinha à frente, devido aos ramos inclinados, arbustos e folhas, que, com suas cores, tampavam a visão.

Eu ansiava por saber o que me esperava. Eu sabia que o destino, tão imprevisível naqueles dias, ainda me reservava algumas surpresas.

O caminho levava a um gramado muito amplo, de um verde brilhante que realçava o azul do céu. Além disso, havia uma falésia com uma vista de tirar o fôlego.

Enquanto tentava avançar com cuidado para entender a que altitude estava, vi um homem sentado do lado esquerdo do prado, olhando o horizonte. Ele não percebeu minha presença, estava de costas e imóvel, aproveitando o calor do sol.

Resolvi me aproximar dele e me apresentar.

Nunca senti uma necessidade tão intensa de conversar com estranhos, mas minha vontade interior havia mudado seus hábitos.

— Boa tarde! — exclamei. Joshua ficou um passo atrás de mim desta vez.

— Boa tarde para você também! — respondeu o estranho após alguns segundos de espera. — Sente-se.

Sentei-me no gramado, enquanto o homem não tirava os olhos da vista à sua frente.

Ele tinha cabelos brancos e ligeiramente ralos em algumas áreas da cabeça, traços do rosto bem marcantes, olhos castanhos, boca carnuda, nariz levemente arrebitado e orelhas afastadas nos lados da cabeça, pele clara e lisa, a barba desgrenhada.

— Me chamo Christian — disse eu.

— Prazer, Michelangelo. Não tínhamos nos encontrado ainda, certo?

— Não. É a primeira vez que venho até aqui em cima.

Com um sorriso que entreabriu os lábios, ele respondeu:

— Nunca é tarde para descobrir coisas boas, não é mesmo?

— Esperemos que sim — continuei.

— Basta acreditar que é possível, porque é — ele confirmou.

— E você vem aqui com frequência? — perguntei.

— Preciso aproveitar a pureza e a energia desta montanha pelo menos dois dias por semana.

Passaram-se poucos minutos desde que eu havia me sentado na grama, mas o forte calor do sol começava a formar pequenas gotas de suor nos poros da minha pele.

— Você não sente calor? Estou morrendo aqui, parece que estamos no deserto...

— Costumo chegar ao amanhecer e fico até o meu olhar estar à mesma altura da enorme bola de fogo, mas reconheço que hoje estou atrasado em relação ao habitual. Nas primeiras vezes, não conseguia controlar as pulsões do meu corpo, a sensação de calor lutava contra minha determinação de permanecer aqui, nesse ponto da montanha. Depois, aprendi a me tornar único com a natureza, colaborando *com ela* sem tentar me apoderar *dela*. Parei de reter a temperatura para mim e, portanto, parei de sentir calor. Comecei a entender como deixar a energia do sol fluir sobre mim sem prendê-la na minha cabeça, nos braços, em todo o corpo. Aprendi a deixá-la ir e a agir como um elo entre o sol e esse gramado. O calor chega até mim pelas pontas do cabelo e pode circular livremente de volta ao chão onde estou sentado ou deitado.

Não compreendi a finalidade do que Michelangelo estava falando, tampouco o mecanismo a que ele se referia. Perdi alguns segundos refletindo cuidadosamente sobre suas palavras, mas nem com as melhores intenções conseguia entender o que ele quis dizer.

— Poderia me explicar melhor, por favor?

— Veja — retomou ele —, o mundo inteiro é composto de energia, e é graças a ela que seus habitantes continuam a existir, a criar combinações inesperadas e a nascer e a morrer. Nenhum ser vivo é diferente do outro a partir do momento em que se comunica com a natureza por meio da respiração. Respirar é fazer amor com o mundo. O mundo entra e sai de nós continuamente, a natureza nos dá uma parte de si, e nós, sem perceber, a colocamos de volta em circulação com algo a mais, formando sempre uma nova combinação.

— O que permite que a grama e a árvore cresçam, o rio flua, o vento sopre?

— O paradigma de tudo o que nos constitui e nos rodeia leva o nome de *energia*. Nossa alma é uma forma pura de energia, e os pensamentos que guiam nossa mente vivem graças a ela. O sol, que neste momento atinge todo meu corpo com seus raios, está transmitindo uma grande quantidade de energia aos meus tecidos. A posição dos meus membros é fundamental para poder receber a carga certa e deixá-la fluir por mim, permanecendo em perfeita comunicação com o solo.

"O fluxo é absorvido pelo meu corpo e eu, graças à minha concentração e aos braços e pernas que mantenho apoiados no chão, consigo atuar como condutor, enriquecendo-me com energia positiva, que deixo fluir sem retê-la. É justamente isso que me permite meditar e desenvolver o sentimento de gratidão que me faz feliz. Quer testar? Olhe para minhas mãos."

Ele se interrompeu, ainda que meu ceticismo já batesse à porta. A natureza daquele lugar me transmitia paz, e a calma e a serenidade de Michelangelo eram de alguma forma reconfortantes, mas eu tinha dificuldades em encontrar uma conexão lógica com a realidade em seu discurso.

— Para suas mãos? — perguntei, franzindo a testa.

Olhei atentamente para elas, a fim de entender o que havia de diferente. Na verdade, eram de fato grandes, com a pele na parte superior bem branca e os dedos muito longos e finos. Porém não notei nada de incomum.

Michelangelo levantou-se com calma e ficou imóvel por alguns segundos, virando as costas para mim.

— Você está com calor? — perguntou-me.

— Estou encharcado de suor — respondi.

Ele se aproximou de mim; estava pálido, apesar de estar ali havia mais tempo que eu, e não tinha nem uma gota de suor no rosto.

— Toque meu braço.

Não entendi o motivo do pedido, mas fiquei curioso para saber o que aquele homem estava pretendendo. Estendi a mão, direcionando-a para seu braço esquerdo e, assim que o toquei, me perguntei, atônito, como era possível estar com a pele tão fria sob um sol tão escaldante. Não consegui encontrar uma explicação lógica, e meu olhar espantado voltou-se a Michelangelo, que estava sorridente e confiante.

Retirei a mão.

— O que eu lhe disse? O calor do sol simplesmente percorreu minhas veias e passou a fazer parte do solo graças à ponte que minhas mãos criaram.

O homem lentamente virou as mãos, me mostrando as palmas. Estavam bem avermelhadas, o oposto da cor pálida da pele de seu rosto, seu pescoço e seus braços.

Ele estendeu os cotovelos em minha direção e posicionou as mãos como se estivessem segurando uma grande bola no centro. Os polegares e os dedinhos, se estivessem unidos, formariam um semicírculo perfeito.

Ele fez um sinal com a cabeça, convidando-me a observar aquele espaço vazio entre suas mãos, separadas pelo menos trinta centímetros uma da outra. Hesitante, aproximei o dedo indicador da área para onde seus olhos apontavam.

Imediatamente senti um forte calor preso no semicírculo.

Atravessei todo o meu braço por aquela área e minha sensação não mudou.

Era como se todo o calor do seu corpo estivesse contido entre suas mãos.

Michelangelo assentiu satisfeito.

— Esta energia é do sol, não minha; é a energia que me atravessou por inteiro e que agora você sentiu entre meus dedos.

Ele separou ainda mais as mãos e, lentamente, depois de sacudi-las com violência, levou-as ao lado dos quadris e das pernas.

— Eu gostaria de ter encontrado você na margem do riacho — observou ele. — Você teria ficado ainda mais surpreso.

Como de costume naquela montanha, não consegui esconder as emoções que eu sentia, e meu espanto, depois que minha racionalidade havia sido deixada de boca aberta, foi percebido imediatamente por aquele homem.

— Se eu tivesse mergulhado minhas mãos na água depois de tê-las aproximado — continuou ele —, você veria sutis raios de luz saindo das palmas.

— Faíscas?

— Exatamente! — confirmou ele. — Os polos elétricos que constituem a energia que acumulei teriam colidido com as diferentes polaridades da água, e isso permitiria o surgimento daquilo que você chama de faíscas.

Michelangelo explicava todas essas coisas com uma simplicidade, uma naturalidade e uma calma desarmantes. Era impossível não acreditar nas suas palavras, ou pelo menos não se interessar por conhecer suas ideias.

— Vamos descansar à sombra daquela árvore? — perguntei a ele.

Sentamo-nos ao pé de uma árvore cuja copa tinha formato de pirâmide e finalmente comecei a aproveitar o frescor. A árvore estava posicionada do lado esquerdo do gramado, bem afastada da falésia e ao lado de um caminho cheio de pedras que, até aquele momento, eu não tinha notado.

Joshua se aproximou de nós, mas parecia muito mais cauteloso que o normal, mantendo-se a uma distância segura de Michelangelo, como se tivesse mais medo dele do que do precipício, de onde olhou para baixo com a curiosidade de sempre.

— Você fala de energia como se estivesse falando de Deus, como se fosse algo sagrado — continuei. — É impressão minha? Eu não pensava em Deus há pelo menos vinte anos, mas, desde que cheguei aqui, parece algo inevitável, e não sei por quê. Você acredita em Deus? Deus é a energia de que tanto fala?

Michelangelo esperou alguns segundos antes de responder, como se quisesse ter certeza de que eu não tinha mais nada a acrescentar. Ele não parecia surpreso com a quantidade de perguntas que eu lhe fazia. Era como se algo dentro de mim estivesse pisando no acelerador com paixão, em direção a uma verdade que eu ainda não conhecia.

— Se eu acredito em Deus? — respondeu ele em dúvida e esticando os lábios como se estivesse sugando néctar por um canudo. — Se você tem consciência de algo, não precisa acreditar. Veja, acreditar pressupõe dúvida, a possibilidade de uma negação. Quem diz que acredita em algo não tem certeza a respeito, apenas supõe que é verdade. Eu tenho *certeza*, então não acredito. Sei o que é e o que não é, porque só me baseio no que vivi e no que considero real. Não é por acaso que há tanto tempo seu pensamento não se volta para Deus. Onde moramos, na cidade, Deus é um hábito do passado, que às vezes retorna como cerimônia ou entretenimento.

"Muitas vezes, quem diz acreditar em Deus acredita nos rituais e na moral de que Deus é portador, mas não fala com Deus, não discute com Ele, não O abraça porque não O vê nem O ouve. Para outros, Deus é acima de tudo um juiz que pode vir buscá-lo a qualquer momento e levá-lo sabe-se lá para onde.

"Mas Deus não está fora de nós, como estamos habituados a pensar. Deus está dentro de nós, e negligenciar a parte do nosso inconsciente em que Ele vive é negligenciar a história humana da qual viemos, é negar a natureza do homem. É impensável substituir um arquétipo tão enraizado, marcado a fogo em nós, por novas tendências que não possuem uma linguagem adaptada para dialogar verdadeiramente com a profundidade do nosso ser. Isso acontece porque a nossa razão não pode ser desconectada do lugar de onde viemos, que é o nosso inconsciente, a parte mais antiga do homem, que nos conecta ao passado de milhões de anos e pode nos levar tanto ao inferno quanto ao céu."

A simplicidade com que Michelangelo tratava esses temas me fazia baixar as armas. Não ouvia falar de Deus havia muito tempo, mas as palavras daquele homem me pareceram tão naturais que as senti em perfeita sintonia com meus pensamentos.

— Há uma parte do nosso inconsciente que é individual, isso é indiscutível. Nela cada um escreve a própria história e enraíza os próprios hábitos de maneira mais ou menos consciente. No entanto, é igualmente inegável que exista outra coisa, um inconsciente coletivo, com saberes difundidos universalmente. É a história do homem que vive em nós, em cada um de nós. É uma força que reconhece que é aceita apenas quando encontra formas que lhe sejam comuns, que se comuniquem com ela, que se conectem, que falem a mesma língua da nossa parte ancestral. É por isso que ao vir aqui você se sente tão bem e se faz novas perguntas, porque está olhando para o que já existe há séculos e sempre permaneceu inalterado.

— Se vive em nós, então por que não estamos todos conscientes disso?

— Você tem filhos, Christian?
— Não, e o que isso tem a ver?
— Pense nas crianças... Por que contamos fábulas e mitos às crianças?
— Porque se lembram dessas histórias facilmente, são simples.
— Você está quase lá... E por que eles se lembram facilmente?
— Porque são fáceis?
— Não é uma resposta. São fáceis porque estão cheios de arquétipos, de formas elementares que aparecem por todos os lados, em todas as partes do mundo. São formas originais que pertencem à estrutura hereditária do nosso psiquismo. Acreditamos estar dando às crianças algo novo para aprenderem, como se elas fossem uma tábula rasa, mas nossa tarefa é apenas reativar essas estruturas hereditárias já presentes. Ninguém pode aprender, todos podem reacender e desenvolver o que estava inacabado antes.
— E Deus?
— Deus é o arquétipo mais poderoso do inconsciente. Mas, nos últimos anos da história da humanidade, foi relegado à mesquinhez do interesse comum. As consequências dessa atitude imprudente estão debaixo do nariz de todos: a destruição do planeta, o ódio que irrompe entre as pessoas, a destruição da coesão social, a crise climática, o desmatamento cada vez mais desenfreado para construir obras inúmeras e intermináveis.

"Quem promove essa destruição pensa que está exterminando apenas elementos externos a si, mas a verdade é que também os destrói em seu interior, poluindo o mundo interno de sua mente. Essa atitude é fruto do prazer sádico das pequenas autossabotagens que alimentam constantemente a pulsão de morte inerente ao homem. São castigos autoinfligidos, que produzem doenças incuráveis, do corpo ou da psique; sorrisos e celebrações no curto prazo, mas que no longo prazo se transformam em sofrimentos atrozes para o indivíduo e para as gerações futuras.

"O que acontecerá se as crianças e os jovens não conseguirem mais ter seu inconsciente refletido em algo familiar como a natureza? Eles se sentirão no escuro, nunca poderão se sentir verdadeiramente em casa. Seu inconsciente sairá em busca da própria casa, sem nunca encontrar as imagens comuns e familiares que estão nas raízes humanas, sempre eternas na vida deste planeta. Com isso, correrão o risco de nunca conhecer o poder do amor incondicional por si mesmos, que se constrói a partir do dom recebido, da sintonia emocional entre o mundo externo e o interno."

— Mas então — interrompi Michelangelo — você acredita que há imagens que vêm antes de nós, que já estão presentes em cada ser humano e que têm um forte poder sobre nossas vidas?

— Não exatamente imagens — respondeu ele. — Mas formas pré-concebidas que só se tornam imagens quando passam do inconsciente para o consciente. A imagem é algo que faz parte das representações individuais, portanto não é mais coletiva.

— Você parece um mágico — admiti atrevidamente, uma consideração que escapou dos meus lábios sem que me importasse como meu interlocutor iria interpretá-la. Teria ele ficado ofendido? Teria se sentido um charlatão?

— Então eu consegui — disse ele satisfeito.

— Conseguiu o quê?

— Me explicar. Não pensei que pudesse ser claro com poucas palavras. Você viu em mim um arquétipo muito antigo.

— O mágico?

— Claro, o mágico é um arquétipo que acompanha a história humana há milhares de anos, sempre presente em todas as partes do mundo e em todas as épocas. Sua consciência deu uma imagem a essa forma, identificando-a comigo. Veja, Christian, aquilo a que chamamos razão não nasce por si só, não vem à luz com autonomia, mas precisa ser criada. E quem a cria? Quem pode introduzi-la no nosso mundo interior senão o inconsciente, que é a nossa parte mais profunda, íntima e também a mais ignorada? Você está experimentando o contato com o arquétipo interior do mágico.

— Mas o mágico é muitas vezes considerado quase um trapaceiro...

— Esse é o pensamento da sua consciência, que veio a este mundo no dia em que você nasceu, mas uma parte do seu inconsciente, aquela que produz o arquétipo, tem milhões e milhões de anos. Você tem certeza de que para essa sua parte o mágico é uma fraude? Não sente algo familiar ao ouvir essas minhas palavras? Não parece que você já experimentou essas mesmas sensações de descoberta de agora?

Ele tinha razão. À medida que ele falava, tudo me parecia claro, mas depois acabei um pouco confuso.

— Então os trapaceiros se aproveitam das pessoas personificando o arquétipo do mágico?

— O mecanismo profundo na base é esse. A necessidade do desconhecido, do mágico, está ainda mais viva nas pessoas desde que o arquétipo de Deus foi banido. A razão se ilude, pensando que pode ficar sem Deus, mas o inconsciente não, esse nunca.

— Então somos peões nas mãos do inconsciente?

— Se não enfrentamos o caminho do autoconhecimento, passando pelos pântanos, pelas alturas, pelos desertos e pelas montanhas cheias de neve do inconsciente, a resposta é sim. Só conseguimos atenuar a pressão incômoda sobre nossa consciência quando nos tornamos nós mesmos, conhecendo essa parte profunda que relegamos à escuridão e fingimos que não existe. Se a trouxermos à luz, ou ela se desenvolve, nos tornando completos, ou desaparece, fazendo com que a pressão sobre a consciência perca intensidade. Você quer uma prova da existência do inconsciente?

Como o arquétipo do mágico combinava com ele, pensei. Parecia que verdades tão difíceis de se compreender se materializavam do nada.

— Claro que sim.

— Onde estão todas as coisas que você sabe, mas nas quais não está pensando agora?

Eu poderia ter dado mil respostas, poderia ter discorrido sobre o papel da memória no cérebro. Mas cada uma dessas respostas sempre chegava apenas até certo ponto, para além do qual seria necessário assumir a existência de outra coisa. A cadeia científica dos acontecimentos não me parecia nada perfeita, "mais à frente do que ontem", mas "mais atrás do que amanhã", e o amanhã poderia refutar todas as crenças anteriores em um nanossegundo, exatamente como um mágico o faria nos séculos passados.

— E todos os seus recalques, Christian? Aquilo que você acha que esqueceu, mas que de repente ilumina sua razão e faz você mudar de opinião sobre as coisas? No inconsciente, não existe apenas o passado, não existe apenas o presente, mas também o futuro. Nossa consciência está pelo menos cinco anos atrás do nosso inconsciente.

Michelangelo começou a mover os braços rapidamente de novo, girando os pulsos enquanto mantinha os punhos fechados e depois esticando os dedos. Pouco depois, como se quisesse resfriar as mãos, sacudiu-as em direção ao chão, sem nunca perder meu olhar de vista.

— Voltando às minhas mãos, que tanto o impressionaram: todos têm a capacidade de acumular energia e recarregar-se com ela, transformando-a em energia psíquica. E todos também seriam capazes de transmitir essa força vital aos outros, se aprendessem a deixá-la fluir livremente. Cada célula do nosso organismo vive graças à energia que a circunda; se essa força falhar, as funções químicas ficam mais lentas e, como consequência disso, o sistema que rege nosso corpo entra em colapso. Receber a energia do sol e deixá-la fluir restaura o equilíbrio interior mais do que qualquer hábito ou obsessão mundana.

Eu não estava preparado para aceitar suas palavras. Coçava a cabeça, tensionando todos os músculos do rosto, como se quisesse transmitir-lhe minha perplexidade.

Michelangelo parou de falar e me olhou, esperando que eu lhe desse consentimento ou fizesse um pedido por mais informações.

— Como você descobriu essa sua habilidade?

— Não "descobri" nenhuma habilidade e eu não tenho nada mais do que você, apenas aceitei naturalmente o que vive em nós desde o início dos tempos. Foram os outros que tiraram isso tudo de si mesmos. Sempre pensei muito sobre a natureza e nossa essência, encontrando desde criança constelações de analogias; nunca me contentei em considerar a Terra um lugar cheio de perigos, representação que nos é passada desde os primeiros meses da vida e que nos convence que devemos temer os outros, o meio ambiente, o futuro. Sempre reconheci, e talvez esse tenha sido meu único dom, que tudo ao meu redor queria incutir em mim um medo líquido, difuso e sem rosto, que poderia surgir de qualquer maneira e a qualquer hora do dia ou da noite.

"Sempre procurei algo mais profundo do que o materialismo e a racionalidade do conhecimento. Desde pequeno, sentava-me nas colinas e sentia alegria em ficar sozinho contemplando a natureza. Esse era o meu programa preferido.

"Eu fantasiava e viajava mentalmente pelos lugares mais inimagináveis. Depois de terminar os estudos, mudei-me para a cidade para trabalhar e casei-me com

Anna, que depois de muitos anos ainda é minha esposa e por quem tenho profundo amor e respeito.

"Na caótica sucessão de compromissos da cidade, logo entendi que aquela criança sentada na colina ainda pulsava dentro de mim, até que um dia parei de resistir a ela. Minha mulher sofria de fortes e frequentes dores de cabeça, e recorremos a dezenas de especialistas para tentar remediar o problema, que estava afetando gravemente sua vida. Cada médico passava uma receita diferente, os medicamentos mudavam, mas o resultado era quase sempre o mesmo. Um dia, revelei à minha mulher a existência daquela criança interior que queria voltar à colina para olhar o sol e fantasiar. Convenci-a a vir 'conosco'. Ela confiou em mim, embora tudo lhe parecesse muito estranho.

"Viemos aqui juntos pela primeira vez, há muitos anos, e nos sentamos exatamente no local em que você me conheceu e meditamos juntos. Naquele dia, pela primeira vez, senti algo novo entre os dedos, uma energia diferente, um formigamento estranho. No início, pensei que fosse o sintoma de uma doença perigosa, mas depois relaxei. Coloquei as palmas das mãos na cabeça da minha esposa e pedi que ela se concentrasse. 'Você está louco?!', ela me perguntou, espantada. Eu disse a ela para me deixar fazer aquilo. Anna fechou os olhos e tentou relaxar, até que finalmente um sorriso apareceu em seus lábios. Ela me confidenciou que teve uma visão: um menino sentado admirando a natureza exuberante das colinas floridas."

Michelangelo ficou visivelmente emocionado ao narrar aqueles acontecimentos tão pessoais. Seus grandes olhos castanhos se encheram de lágrimas, e eu coloquei uma mão amigável em seu ombro. Ele não tinha medo de me mostrar suas emoções, e isso também foi revigorante para mim: aquele era o lugar onde eu tinha que estar, era cada vez mais evidente. Eu estava no lugar certo, na hora certa.

— Obrigado, foi muito bom conhecê-lo.

— Para mim também, Christian, foi um prazer.

Chamei Joshua, que estava muito longe de nós, e rapidamente nos afastamos da árvore, seguindo destemidos em direção ao caminho coberto de pedras que continuava subindo.

Tive a impressão de reconhecer aquela trilha que levava ao topo da montanha.

Conseguia discernir todos os passos que se apresentavam à minha frente, as dúvidas anteriores estavam cada vez mais escondidas no inconsciente. Eu também, com Joshua, me tornei um hóspede da colina.

IX

Eu apoiava cuidadosamente os pés no chão cada vez mais pedregoso. Parecia um quebra-cabeça, as pedras menores se encaixando nas maiores em contato com o solo arenoso. Tufos de grama de diferentes alturas resistiam à aridez do solo e pontilhavam a paisagem aqui e ali.

Cerca de vinte passos foram suficientes para eu perceber que Joshua e eu estávamos sendo observados. Aumentei o ritmo dos passos e, passados alguns metros, avistei uma pessoa de braços cruzados, de costas sob o céu azul, virado para o penhasco.

Tinha uma silhueta feminina. Seus cabelos, longos e pretos, repousavam, ondulados, sobre os ombros pequenos. Pude perceber que era magra, com o corpo sob um longo vestido verde escuro sem mangas que também escondia seus pés. Os braços estavam cobertos por uma camisa branca que saía do vestido e terminava entrelaçada entre os dedos, cobrindo as palmas das mãos.

— Ei! — gritei.

Não recebi resposta. A pessoa permaneceu parada na mesma posição, sem mudar em nada sua postura.

— Está me ouvindo? — continuei com a voz ainda mais alta. — Estou falando com você!

A mulher se virou e eu fiquei encantado com sua beleza. Nunca tinha visto tamanha harmonia entre os traços de sua face, a doçura e a pureza de um olhar atemporal. Era uma beleza cheia de graça, mas não a beleza de um calendário nem mesmo de uma postagem nas redes sociais, veja bem. Era como se sua aparência falasse um novo alfabeto até então desconhecido para mim, mas que, ainda assim, conseguia se fazer entender melhor do que qualquer outro, superando todas as barreiras da minha transitoriedade humana.

Quase nunca me sentia despreparado para um diálogo, ainda mais se tivesse uma mulher à minha frente; na cidade costumava contar com uma grande autoconfiança. Mas daquela vez era completamente diferente, e eu não conseguia de forma alguma relacionar aquela visão feminina que tanto me atraía ao sexual. O sexo, incluindo sua ideia no mundo dos pensamentos, era um atalho para testar a química de uma relação, mas, naquele momento, qualquer possibilidade nessa direção, mesmo que imaginária, parecia não existir.

Naqueles segundos em que ela se virou para mim, perdi a noção do que aconteceu além do meu mundo interior, me desconectei completamente do Christian com quem os outros poderiam interagir. Fiquei luminoso por dentro, como se uma luz tivesse acendido de repente, e reconheci naquele olhar algo que já tinha visto havia milhões de anos, mas que estava escondido da minha razão desde que nasci.

Achei que aquela mulher era uma alucinação. Virei-me para Joshua e ele me encarou espantado. Percebi que para ele não havia nada de estranho naquela mulher, ele olhava para ela como havia olhado para todos os outros, sem se sentir atraído ou receoso. Para ele, aquela visão era indiferente.

A mulher não parecia surpresa com minha reação. Estava calma, e seus olhos cheios de paz me observavam, respeitando cada segundo e minuto que eu precisasse para retornar à plenitude de minhas faculdades mentais.

Na cidade, chamamos de "amor à primeira vista" esse apagão sentimental que há antes de um relacionamento ou de uma "paixão platônica", quase uma obsessão por outra pessoa. Mas o que senti não foi isso. Eu não estava fisicamente atraído por ela, não desejava tocá-la, nem abraçar ou acariciar, muito menos fazer amor ou sexo com ela.

Só de observá-la, tudo parecia já realizado. Naquele rosto, reconheci uma parte que faltava de mim mesmo, como se o centro da minha personalidade tivesse sido finalmente completado.

— Você é real ou eu estou ficando louco?

— Por que eu não seria real?

Sua voz era calma e saía calorosamente de seus lábios, que então se abriram em uma expressão sorridente.

— Você não tem medo de ficar sozinha aqui?

— Por que eu deveria ter medo? Não projete sua ansiedade em mim. Se tem medo de alguma coisa, pense em quanto poder você dá a essa coisa. Suas preocupações de ontem tiveram alguma utilidade? O medo faz você temer o futuro, mas o futuro que você esperava, temeroso, é o presente que está vivendo agora. Foi útil ter medo desse futuro?

Não sabia como responder, porque não tive a intenção de ofendê-la. Eu quis dizer que me preocupava com seu bem-estar, mas talvez tenha parecido um mero machista.

— Talvez porque você esteja aqui sozinha...

— Estamos todos sozinhos, desse seu ponto de vista — respondeu ela com simplicidade.

— Mas você é uma mulher sozinha no meio de uma montanha...

— Olhe ao redor — disse ela. — Tem certeza de que, tanto para mim quanto para você, há mais ameaças aqui em cima do que lá embaixo?

Ela se virou para o horizonte, dando-me novamente as costas.

— Me desculpe, não tive a intenção de ofendê-la. Entendo como pode ter interpretado minhas palavras.

— Aqui não há nenhuma ameaça psicológica — continuou ela. — Ninguém tenta incutir-me medos inconsistentes para me chantagear em troca de segurança, ninguém pode escolher por mim que hábitos devo ter, ninguém pode me fazer sentir deslocada... E sabe por quê? Porque aqui não preciso de mais nada além de mim mesma.

— É a primeira vez que venho aqui — confessei.

— Eu sei, só de olhar deu para perceber.

Sentia-me privilegiado de poder conversar com ela, mas, se analisasse racionalmente essa sensação, as respostas escapavam como gotas d'água de minhas mãos.

— Você disse que aqui só precisa de si mesma. É possível viver bem sozinho consigo mesmo? Deixe-me explicar melhor: também adoro ficar sozinho, mas até certo ponto. Não podemos viver sem os outros, você não acha?

— Claro, mas, para estarmos bem com os outros, temos que aprender a estar bem com nós mesmos. Os outros podem tornar-se um complemento nosso, não um espelho para imitar ou julgar. Enquanto sentir a necessidade de julgar alguém, você não estará bem consigo mesmo. Eu sou minha vida. Se a considero difícil de suportar, então significa que é muito difícil para mim suportar a mim mesma. Olhe lá para baixo: as pessoas precisam umas das outras, mas seu objetivo é prevalecer umas sobre as outras. Se entendessem que a verdadeira batalha está dentro delas e que o "exterior" é apenas uma consequência, suas vidas mudariam drasticamente. Você julga alguém? Você não julga aquela pessoa, julga a característica que existe daquela pessoa em você e que você acha que pode erradicar simplesmente apontando o dedo indicador para ela. Mas assim você só a fortalece dentro de você.

— E como nos libertamos do julgamento, então?

— Entrando em união com tudo o que você é: beba o seu sangue, coma a sua carne e verá que as suas relações com os outros também mudarão.

— Essa é a única maneira de evitar relacionamentos doentios?

— Assim você não corre o risco de não encontrar sua alma.

— Como assim? — perguntei confuso. — Desculpe, não estou entendendo... O que a alma tem a ver com isso?

— Cada homem já tem dentro de si a imagem de determinado protótipo de mulher, que é uma espécie de compêndio de todas as experiências remotas da raça humana relativas à alma feminina. É uma imagem interna que ele possui inconscientemente, mas que acaba sendo projetada na mulher que ama. Se o homem se conhece, a imagem que projeta é clara, e a ponte criada entre os dois amantes é limpa, fácil de atravessar a qualquer momento e à prova de trovoadas, tempestades e terremotos. Se, no entanto, o que é projetado for maculado pelos analgésicos da multidão, pelo "fazer para obter" e não pelo "fazer para conhecer", a relação pode acabar a qualquer momento. O mesmo se aplica naturalmente às mulheres, que já carregam dentro de si a imagem de um protótipo específico de homem, que é uma espécie de síntese de todas as experiências remotas da raça humana relativas à alma masculina.

— Mas então todo homem já tem uma mulher dentro dele e toda mulher já tem um homem dentro dela?

— A imagem que temos dentro de nós é real, então claro que sim. Dentro do homem há uma mulher, dentro da mulher há um homem. É uma espécie de bissexualidade psicológica, que obviamente não tem nada a ver com sexo. Já temos, em nosso psiquismo, a possibilidade de nos completarmos nesse sentido, mas há um detalhe que provavelmente lhe escapa. Sabe como se chama essa imagem ideal e inconsciente que cada pessoa possui?

Fiz que não com a cabeça.

— Se chama alma — continuou ela. — E quando a encontramos no outro ficamos em êxtase: só então até as pessoas mais racionais cedem à beleza e à força do mundo interior.

— Está me dizendo que a alma de um homem é feminina e a alma de uma mulher é masculina?

Ela se virou para mim sorrindo. Eu quase tinha esquecido como aquele rosto era extasiante para mim, estava me acostumando com a cor do cabelo dela, com o vestido verde como a grama fresca.

Um arrepio sacudiu minhas costas e pernas. Era como se eu estivesse conversando com alguém que tinha as respostas da fortaleza dentro de mim, que eu me iludi pensando ser impenetrável.

Joshua correu em minha direção e começou a circular entre minhas pernas, me pedindo carinho. Sentei-me no chão e o peguei no colo.

— Como você faz, Joshua, para perceber a mudança em meu humor com tanta precisão?

— Porque ele ama você — interveio a mulher.

Concentrei-me nela novamente; com Joshua em meus braços me sentia menos sozinho. Era como se ele também experimentasse sensações que nunca havia sentido, na presença de um milagre da natureza como aquele que estava na minha frente. Eu sabia que não era a mesma experiência para ele, mas era como se aquele gato quisesse me acompanhar em todas as minhas fases internas, como se soubesse que já havia se tornado indispensável para mim. Ele tinha um olhar tão condescendente e afetuoso que parecia estar sorrindo para mim, enrolando seu bigodinho branco.

Fiquei em silêncio observando aquela mulher. Não senti nenhum constrangimento, e ela também não. Apertei os olhos para focar ainda melhor, na tentativa de compreender o segredo da poderosa atração que a envolvia.

— Você e eu já nos vimos antes, não é? — perguntei a ela, enfim.

— Acho que não — respondeu ela rapidamente.

— Ainda assim... Não sei, algo me diz que já nos conhecemos.

— Venho de um lugar distante — disse ela. — Não moro por perto, e é a primeira vez que visito esta montanha.

— É sua primeira vez aqui também? — Essa declaração dela me pareceu muito estranha. — Você parece conhecê-la tão bem.

— Depois de aprender o mapa, é possível viajar até com os olhos fechados.

De repente, desviei o olhar dela e me virei. A arvorezinha torta que eu tinha visto de relance assim que cheguei ali reativou uma lembrança em mim. Eu já tinha visto não só aquela mulher, mas também a arvorezinha me era familiar, até aquela brisa e aquelas pedras... Eu já tinha sonhado com tudo isso.

Eu não tinha certeza se já tinha visto tudo exatamente assim. Talvez um pouco diferente, talvez não, mas sabia que tinha relação com um sonho que tive muito antes daquele dia. A hipótese me pareceu plausível. Assim que me concentrei nisso, outra memória surgiu em minha mente. Tomei consciência, de um modo totalmente inusitado, de um lado oculto dos meus sonhos: muitas vezes eu conversava com mulheres durante minha fase REM. Concentrando-me um pouco mais, me vieram à mente várias circunstâncias oníricas em que recebia conselhos reais de figuras femininas. Eram em sua maioria mulheres muito bonitas, jovens, mas espiritualmente maduras, que tinham em comum aquele olhar doce e confiante que brilhava nos olhos que eu fitara em êxtase alguns minutos antes. Ouvindo suas palavras, sentia-me completo em meus sonhos, mas depois, assim que acordava, esquecia tudo.

Por que essas minhas memórias tinham ficado esquecidas? Por que aquela sensação de plenitude e satisfação tinha que desaparecer quando minha consciência estava sozinha no comando?

— Sim, eu devo ter sonhado com você — exclamei precipitadamente.

— Você acha? Está dizendo isso para me agradar?

— Não quis dizer nesse sentido, ou melhor, não só, ou talvez não era bem isso que eu queria dizer...

— Preciso ir agora.

— Você poderia ficar mais um pouco, por favor?

— Não posso mesmo. Queria, mas não posso.

— Pelo menos me diz seu nome...

— Me chamo ψυχή (*psyché*).

Era como se aquela mulher de repente se descobrisse mortal, parecia intimidada, apressada. Não estava mais tão calma, tão doce, tão complacente. Ela sorriu para mim, mas começou a andar rapidamente, desaparecendo logo depois.

Foi o encontro mais estranho da minha vida. Eu sabia que me lembraria dele para sempre e que teria que refletir por muitos dias para entender alguns dos significados que só a arte da introspecção poderia iluminar.

Havia muitas palavras não ditas entre nós, mas visualizadas pelos dois por meio de imagens internas. Eu tinha certeza disso.

De repente, percebi uma sincronicidade com aquela mulher. Teria sido justamente isso que a assustara? Aquele medo que ela antes afirmara ser capaz de domar como uma deusa?

Mais uma vez pensei em como era limitado interpretar com lógica ou ciência o que nascia dentro de nós todos os dias. Se descobríssemos que vivemos em um mundo composto por um elemento químico e não por outro, ou se tivéssemos a certeza de que fazemos parte de um dos infinitos sistemas solares, poderíamos nos definir como seres humanos mais felizes?

Lembrei-me da revolução pela qual o pensamento humano passou quando a autenticidade do sistema copernicano foi testada cientificamente, sobretudo graças à determinação de Galileu Galilei.

O sistema ptolomaico, de fato, garantia ao homem uma posição privilegiada em relação a todo o universo: segundo Ptolomeu, a Terra estava no centro do sistema solar e o ser humano, portanto, em uma posição privilegiada aos olhos de Deus.

Contudo, entre os séculos XVI e XVII, quando o telescópio de Galileu foi direcionado para a abóbada celeste, a teoria heliocêntrica copernicana foi confirmada, dando origem a uma revolução externa e interna do homem, que culminou na perseguição e repressão de pessoas tidas como heréticas apenas porque acreditavam nela. As evidências apontaram que Galileu estava certo, mas ele foi perseguido e, com ele, todas as pessoas que chocaram a mente do homem à época foram exiladas, se não mortas.

Quando as teorias aristotélicas e ptolemaicas foram definitivamente refutadas, o Estado e a Igreja viram-se confrontados com a quebra dos paradigmas seculares que os avós haviam transmitido aos netos.

Também foi descoberta a verdadeira natureza finita e mutável dos planetas e do satélite chamado Lua, mas o mais inaceitável para o período histórico foi a ideia de que o homem já não estava no centro da atenção divina: passou-se a acreditar que era de fato o Sol que orbitava no centro do universo.

Só recentemente a Igreja reconheceu a inocência do famoso físico italiano, confirmando que a ciência não pode oferecer novas chaves para a compreensão dos textos sagrados.

Qualquer pessoa que descubra algo novo dentro de si, algo revolucionário, deve lidar com sua autocensura. Cada um de nós tem o próprio Galileu e os demônios que giram ao redor dele, com o falatório obscuro da moralidade que apoia maliciosamente qualquer esperança de sucesso.

Enquanto eu tentava aprofundar minha resposta, fui atraído pelo movimento incomum de um arbusto, não muito longe da entrada daquele prado.

Vi um homem correndo pelo caminho por onde havia passado antes de conhecer aquela mulher encantadora.

Ele estava superando rapidamente a longa subida repleta de pedras.

Usava um chapéu preto que cobria os olhos e estava vestido com roupas escuras.

Nada mais sobre ele permaneceu guardado em minha memória.

Aquela visão transitória deixou-me muito agitado. O instinto impeliu-me a segui-lo, e minha razão confiou nele sem resistência.

Coloquei Joshua no chão e comecei a andar.

Minha silhueta desvaneceu nos meandros da floresta.

X

Aquele homem corria como um fugitivo, pisando com veemência no caminho que levava ao ponto mais alto da montanha.

Não era fácil saber onde eu estava exatamente, porque a trilha nunca avançava em linha reta, mas com trechos descontínuos e sempre escondidos pelas árvores que respiravam como pulmões o ar circundante, e depois ofereciam-no cada vez mais fresco a mim, a Joshua e a cada ser respirante que houvesse ali.

Nossos passos apressados criaram uma densa nuvem de poeira e terra, camuflando as cores da estrada. Comecei a tossir para limpar os pulmões da poeira inalada.

Chegamos a uma rocha de pelo menos três metros de altura, que dividia a trilha em duas: uma continuava o caminho sinuoso e a outra levava a uma extensão florida onde havia pequenas árvores.

Examinei atentamente a paisagem, que me parecia fragmentada devido ao piscar repetido e rápido dos cílios que a tensão me causava. Resolvi procurar o homem naquele prado. Uma brisa cada vez mais fresca começou a sacudir minha camiseta enquanto eu me dirigia para aquela área ainda inexplorada. O mato estava muito alto e era difícil atravessá-lo, mas finalmente avistei o homem, sentado no chão, quase camuflado.

Seus olhos estavam em mim desde o primeiro momento em que tomei consciência de sua presença.

Aproximei-me dele e, tentando não demonstrar nem um momento de hesitação, incerteza ou preocupação, cumprimentei-o.

— Boa noite.

O homem permaneceu imóvel e continuou olhando para mim.

Joshua parou na entrada da trilha, não entrou na grama alta. Eu o vi pela primeira vez irritado com alguma coisa ou alguém, estava inquieto.

Depois de vários segundos de espera, o homem falou:

— Não entendo o motivo de toda a sua agitação... Posso ouvir o seu batimento cardíaco maluco de uma distância de cinco metros. Sua racionalidade não pode nada contra seu coração.

Não respondi. Ele se levantou e estendeu a mão para mim.

Ele era forte, usava calças claras e não havia sinal do chapéu preto que o estranho que eu havia perseguido usava. Será que aquele era outro homem?

Apertei sua mão direita e notei que na outra ele segurava um caderno amarelo e uma caneta.

— Prazer, Dante — apresentou-se.

— Dante? — perguntei com curiosidade. — Como o grande poeta?

O homem sorriu para mim e, permanecendo de pé, apoiou as costas no tronco da árvore ao nosso lado e respondeu:

— *Nomina sunt omina*, diziam os latinos. Nomes são presságios, senhor...

— Adam! — completei imediatamente.

Por que disse justamente esse nome? Por que contei aquela mentira? Adam não era meu nome verdadeiro e nunca tinha conhecido ninguém com esse nome. Apressadamente, havia pronunciado aquelas letras sem primeiro relacionar a razão com o impulso interno.

— Você tem um nome muito importante — comentou Dante. — Adam significa "nascido da terra" ou "humano". Foi o primeiro homem que Deus criou, à sua imagem e semelhança, moldando-o na lama. Você sabia disso?

Dante parecia muito confiante, e essa característica dele contrastava com a insegurança e o desconforto que eu sentia ao olhar em seus olhos.

— Sinceramente não sabia o significado do nome — admiti.

— Você nunca quis saber mais sobre a palavra que mais ouve desde que nasceu? Pense bem, o nome de batismo é o que mais escutamos e mesmo assim tem gente, aparentemente inclusive você, que nem se pergunta de onde vem...

— Bem, se quer mesmo saber, meu nome verdadeiro é Christian, aquele que eu disse é apenas para quando eu vier a este lugar.

Dante caiu na gargalhada, mostrando todos os dentes e permitindo que eu visse até sua úvula.

— Você está aqui incógnito, então?

— É uma prática comum vir a este local e mudar de nome, exatamente como você fez. Dante não deve ser seu primeiro nome — justifiquei-me.

— Desculpa, como? — disse ele, esfregando o bigode levemente avermelhado e acinzentado. — Olha — estendeu a mão depois de mexer na carteira —: este é o meu documento.

Seu nome verdadeiro era Dante.

Dei um longo suspiro.

— Mas — reiterou —, se você quiser, posso dizer o que significa seu nome verdadeiro: "aquele que vive segundo a lei de Cristo". É interessante que depois dele você tenha escolhido o nome Adam. Ótima escolha.

Fiquei em silêncio. Tive a sensação de ter compreendido sem necessariamente ter entendido. Algo dentro de mim concordava com aquele homem, mas me parecia contrastar com todo o resto.

— Posso fazer uma pergunta? — perguntei àquele homem confiante, intransigente e de temperamento forte. — O que você escreve nesse caderno?

— Nada além do que vejo. Tento tirar uma "selfie" do meu estado de espírito, uso combinações de palavras que possam me fazer reviver este lugar, mesmo quando estou muito longe daqui. Você sabe como é, na cidade a ignorância coletiva é muito densa.

Aquele homem era realmente um tipo curioso: tinha algo de profundo, era uma alma sensível, mas parecia fora de contexto na sua forma de se expressar. Ele não se parecia com as outras pessoas que eu havia encontrado na montanha. Seguindo uma certa lógica, ele poderia estar na parte mais inferior da montanha, mas não tão perto do topo.

    A lógica, claro. Por que eu deveria julgar uma pessoa com base na altitude do lugar onde ela se encontra? Minhas expectativas tornaram-se cada vez mais altas, e encontrar uma pessoa como Dante mais uma vez perturbou todo o desejo que minha consciência tinha pela ordem e pela evolução gradual das coisas.

    — De que poderia viver — continuou Dante — se não dessas emoções, desses sonhos e dessas esperanças que a visão poética da vida me dá?

    Admirei a sinceridade daquele homem, mas, ao mesmo tempo, sua caneta preta fez dele um dos principais suspeitos da minha procura.

    Eu queria ver sua caligrafia naquelas folhas brancas grampeadas e presas pela robustez da capa do caderno.

    — Você já tentou escrever, Adam? Já tentou se sentir livre para contar a si mesmo quem você é? — perguntou-me.

    — Não. Talvez porque nunca tive o tempo livre necessário para isso.

    — Não ter tempo para dar espaço e ter acesso às próprias emoções equivale a não se permitir a liberdade de viver. É muito importante respeitar o que pulsa dentro de nós; não se pode esconder para sempre aquela energia que leva ao nascimento de uma lágrima ou de um sorriso. Estamos vivos graças às emoções: se nos esquecermos disso, vivemos pela metade.

    Era impressionante como, daquela vez também, as aparências me haviam enganado. Tive que esquecer o preconceito que senti no primeiro encontro dos nossos olhares. Antes eu havia imaginado encontrar uma grande superficialidade reinando no pensamento daquele homem tão rígido e seguro de si.

Dante abriu o caderno e meus olhos se voltaram para as páginas quadriculadas. Ele arrancou do grampo quatro páginas exatamente da metade do caderno e tirou uma caneta do bolso da jaqueta.

— Toma! — exclamou ele, colocando em minhas mãos o que antes estava nas dele. — Leve isso como um presente! Talvez um dia você sinta vontade de deixar o olhar julgador da sua razão e permitir que aquilo que pulsa dentro de você fale sem freios.

— Nunca recebi um presente assim — eu disse, sorrindo satisfeito. — Mas como posso começar a escrever se nunca o fiz? — respondi, demonstrando toda minha incapacidade e inexperiência diante daquela folha de papel em branco.

Dante sorriu-me amigavelmente e respondeu:

— É fácil, é como olhar o mundo pela primeira vez. Imagine que você nunca observou as formas à sua frente, atrás e acima de você. Convença-se de que nunca ouviu ruídos e sons e que nunca sentiu cheiro de nada. Deixe fluir em forma líquida aquela parte de você que lhe causa vergonha, insegurança e que você, por hábito, esconde. Só quem é sensível pode definir-se como forte, porque a capacidade de apreciar os próprios sentimentos e brincar com eles torna o homem verdadeiramente livre e poderoso.

A partir daquele momento, compreendi mais do que nunca a importância de acreditar na própria capacidade pessoal.

Nunca me imaginei sentado com uma caneta na mão esperando inspiração para escrever alguns versos, mas as ideias de Dante me ajudaram a compreender aspectos que eu havia subestimado antes daquele encontro.

— Veja — continuou ele, abrindo o caderno bem diante dos meus olhos. — Eu não escrevo muito, mas quando escrevo me sinto bem.

Observei atentamente a caligrafia de Dante: sua letra cursiva gótica era perfeita. Concluí sem sombra de dúvida que não havia nada em comum entre sua caligrafia e aquela imprecisa das mensagens que vinha recebendo nos últimos dois dias.

— Desde que cheguei aqui — eu disse —, admito que dei sentido a muitas coisas e que descobri pulsões que pensava não possuir. Há horas venho repreendendo minha parte racional, que lançava uma névoa espessa sobre todo o resto. Como algumas pessoas não percebem quantas emoções temos em nós?

— Graças a quem não pensa como nós. É graças a eles que nos demos conta de que somos espirituais: só encontrando a ausência podemos dar nome à presença. Veja quanta infelicidade é viver escondido de si mesmo!

Fiquei feliz em ter discutido esses temas com uma pessoa capaz de acalmar meu nervosismo e minha preocupação com sua voz suave e palavras que me fizeram sentir menos sozinho.

O sol estava prestes a dar lugar à escuridão, e o céu começava a adquirir uma tonalidade menos intensa.

Apoiei as costas no tronco de uma das inúmeras árvores do prado e com enorme espanto vi, na altura da rocha que dividia os caminhos, o mesmo homem vestido com roupas escuras.

Ele estava imóvel, olhava diretamente nos meus olhos, e ao lado dele estava Joshua. Meu gato não tinha notado sua presença e me olhava com impaciência, parecia estar com pressa de sair dali, como alguns minutos antes.

Eu estava com medo por Joshua. E se aquele homem o levasse ou o machucasse? O que ele queria de mim? Estava evidente que desejava chamar minha atenção a todo custo.

Não tive mais dúvidas quanto a isso.

Levantei em um pulo e chamei o gato pelo nome.

O homem começou a correr pelo caminho que continuava subindo. Foi aí que Joshua percebeu sua presença e pulou assustado, como se tivesse visto algo profundamente aterrorizante.

— Dante! — gritei, puxando agitadamente seu braço.

— O que foi? — exclamou ele. — Você está louco?

— Você viu aquele homem? — perguntei ansiosamente.

— Qual? — respondeu ele.

— Tinha um homem nos observando bem debaixo daquela enorme rocha que divide a trilha. Agora fugiu em direção ao topo.

Joshua, após o choque inicial, por algum motivo inexplicável para mim, correu atrás do fugitivo.

— Ei, aonde você vai?

— O que você está dizendo, Christian? — Dante interveio, irritado. — Primeiro que eu não vi ninguém e acho que o que você está dizendo é bastante improvável. É muito perigoso seguir por esse caminho, imagino que não exista ser humano tão sem noção a ponto de tentar fazer isso.

— O que há de tão estranho naquele caminho? — perguntei em um tom alarmado.

— Ele leva ao topo da montanha — continuou Dante. — É uma zona que já desabou muitas vezes, onde sopra um vento muito forte que pode fazer qualquer pessoa perder o equilíbrio. Juro que estamos no ponto mais alto que se pode visitar.

Minha preocupação aumentou.

— Eu disse que acabei de ver um homem subir correndo por aquele caminho.

Dante colocou a mão em meu ombro e exclamou com uma voz tranquilizadora:

— Você só está um pouco cansado, acalme-se e vai ver que isso vai passar...

— Você quer dizer que eu inventei tudo? — gritei, irritado com sua atitude compassiva.

— Eu não disse isso! — gritou ele, apertando meu braço com força. — Acontece a qualquer pessoa ser vítima de um momento de confusão. Seu gato sabe andar em deslizamentos de terra, mas você não. Ele vai voltar, você vai ver.

Sacudi o braço para me libertar de Dante.

— Preciso ir! — exclamei com dureza.

— O que você vai fazer? — perguntou ele, com espanto e atenção.

— Tchau, Dante! Vou fazer aquilo que um louco pode fazer: transformar minhas ilusões em realidade.

XI

Dante permaneceu imóvel me observando, não pronunciou uma única palavra. Depois de um longo suspiro, corri em direção à enorme rocha. Resolvi seguir a todo custo aquele estranho que havia chamado minha atenção duas vezes. E tinha que encontrar o gato novamente.

— Joshua... Jo... Jo...

Caminhei lentamente por alguns minutos, mas não encontrei ninguém, exceto algumas aves de rapina que dançavam acima da minha cabeça. O vento aumentava a cada passo que eu dava, me causando arrepios de frio. O caminho terminava diante de uma parede rochosa, último obstáculo antes do cume. A única maneira de chegar até lá era subindo aquele curto percurso que me separava da verdade sem nenhum apoio para as mãos.

Quem quer que fosse o homem que eu procurava devia estar no topo, junto do pequeno Joshua. Não havia outra possibilidade de fuga.

O local onde eu estava era completamente desprovido de vegetação, apenas o marrom da terra coloria aquela paisagem. As árvores altíssimas serviam de pano de fundo nas encostas da montanha, fazendo com que a subida que me separava do topo se destacasse ainda mais.

Pensei novamente no medo que Dante me havia transmitido com suas palavras, mas não me deixei influenciar. Eu era agora a essência de mim mesmo, tinha tomado a direção, eu mesmo era a direção. Eu era um cavaleiro da luz.

O vento ficava cada vez mais forte, e eu sentia a ameaça de escorregar a cada passo dado. Mas tinha certeza de que naquele dia a sorte passaria por ali duas vezes: não apenas para o homem que eu procurava e que havia subido antes de mim, mas para mim também.

Comecei a subir, agarrando-me às pedras que se projetavam do chão e que pareciam marcar um percurso já percorrido por outras pessoas. Cheguei à metade do caminho sem muitos problemas.

Minhas unhas cravaram-se como garras nas pedras e todos os meus nervos estavam contraídos.

Depois de completar três quartos do percurso, pendurado apenas graças à minha força física e à vontade de atingir aquele objetivo a todo custo, cometi um erro gravíssimo.

Da altura em que me encontrava, as árvores já não cobriam a vista que circundava o cume, e os meus olhos percorreram a cidade lá embaixo, mostrando-me a impensável e enorme altitude de onde podia observar toda a paisagem sob os meus pés.

Minha mão escorregou e eu fiquei, por milagre, pendurado apenas com o outro braço.

O vento fazia meu corpo balançar e eu gritei de desespero.

A parede vertical não era muito alta, mas, se eu escorregasse, o vento mudaria a trajetória da minha queda, e, desequilibrando-me para a direita, eu certamente iria parar no precipício.

Uma miríade de pequenas pedras caiu de onde minha mão havia escorregado.

— Socorro! — gritei.

Eu esperava que alguém me ouvisse, mas logo me convenci de que minhas esperanças eram mínimas.

Eu não conseguia mais respirar e meus músculos, agora trêmulos e no limite de suas forças, estavam prestes a ceder. Olhava para o chão, cerrando os dentes pelo esforço e pela dor que sentia ao perceber que minha vida estava pendurada em um sopro de vento.

Depois de alguns momentos, uma mão agarrou meu pulso com força.

Assustado, olhei para cima e vi que o homem que eu perseguia segurava meu braço, exausto e latejante. Aquele tipo estranho, velho, mas aparentemente forte o bastante para me segurar, não disse uma palavra sequer, e apenas observou atentamente meu rosto contorcido pela dor e pelo susto. Ele não parecia sentir emoção alguma: uma expressão estéril e livre de qualquer *páthos* dominava seu olhar.

Ele amarrou meu pulso a uma corda muito forte que tinha nas mãos e puxou-a para cima, até conseguir, depois de muito esforço, me içar, puxando-me para um local seguro.

Quando finalmente percebi que havia escapado do perigo de cair no vazio, dei um longo suspiro que aliviou minha tensão. Tentei me levantar, mas uma sensação de vertigem me obrigou a ficar agachado no chão.

— Onde está Joshua? — perguntei.

O gato estava atrás de mim e correu em minha direção. Parecia sentir-se completamente confortável naquela altura. Ele lambeu minha testa, meus lábios e minhas orelhas. Fiquei tão feliz com isso que sorri e me emocionei. Mas ainda estava cego para a verdade, para aquilo que logo depois perturbaria para sempre a minha existência.

O vento soprava com uma força incrível e eu tremia e batia os dentes de frio. Apenas uma camiseta de manga curta protegia minha pele do frio. O sol estava prestes a se pôr e o céu, tão perto de mim, já estava rosado.

A vista era totalmente limpa. Meus olhos se depararam com um panorama majestoso e extraordinário.

A cidade abaixo cabia toda entre meu indicador e meu polegar.

Me senti um gigante diante daquele mundo que lá de baixo parecia tão imenso e complicado.

O homem apontou para uma área protegida do vento, graças a uma caverna natural na rocha. Ele também foi até ela, permanecendo em pé sem perder, nem por um instante, aquele equilíbrio que o vento insistia em querer abalar. Aproximei-me engatinhando, apoiando os quatro membros firmemente no chão, e me abriguei em segurança.

O homem permaneceu imóvel e olhou para mim com compaixão.

— O que você está olhando? — perguntei secamente. — Quase me matei para chegar até aqui...

— Você foi muito forte, Christian! Em todos os sentidos.

— Por que sabe meu nome? — exclamei.

O homem suspirou e disse:

— Você demonstrou perseverança para conseguir o que busca, e seu esforço foi recompensado.

Ele tinha uma aparência esquelética, parecia tudo menos forte, mas tinha me puxado para cima, demonstrando um vigor no mínimo chocante. Seus cabelos eram grisalhos, eriçados e desgrenhados, tinha uma longa barba que chegava até o peito e o que mais me impressionava em seu rosto eram as muitas rugas, marcando seus traços como cicatrizes.

Eu não entendia exatamente o que ele queria dizer, até que tirou um bilhete de sua jaqueta marrom suja e amassada e me entregou.

A caligrafia batia perfeitamente com a da pessoa misteriosa que eu procurava desde o dia anterior. Li o que estava escrito:

Lembro-me das lágrimas de uma noite,
escondidas pela escuridão do horizonte
e tocadas pela luz das estrelas.
Quão longe de mim
sua carne habita,
quão perto dos meus sentidos
reina seu coração.

Compreendi que tinha em mãos as frases mais significativas dentre as recebidas até aquele momento, e meu coração bateu mais forte no peito.

— Por que você me perseguiu com essas mensagens? — perguntei com o pouco de energia que me restava.

— Queria que você conhecesse o real sentido da vida, que nem mesmo eu consegui apreciar — respondeu ele, enquanto uma lágrima escorria pelo seu rosto, morrendo entre os lábios. — As pessoas que você conheceu aqui são as mais próximas da felicidade. Não se deixe influenciar pela tristeza que a vida na cidade oferece com suas mortes, suas guerras e suas mais absurdas opressões mascaradas pela lógica. Eu entendi isso tarde demais. Com essas mensagens, eu quis ser útil a alguém que me tem e sempre me terá ao seu lado.

Não entendi a que ele se referia, e imaginei que era devido ao cansaço devastador.

— Como assim? Quem é esse alguém?

Ele baixou a cabeça e ergueu o olhar melancólico em direção aos meus olhos:

— É você, Christian... — disse ele, com a voz fraca, que suas emoções ainda não haviam conseguido sufocar na garganta.

Eu não entendi por que ele estava tão interessado em mim... Até que ele tomou meu braço e beijou, entre lágrimas, o mostrador do meu relógio.

Comecei a chorar como uma criança.

As emoções entraram em convulsão em meu peito, enquanto aquele homem, que eu havia procurado por tanto tempo em vão, me olhava com olhos brilhantes.

— Mas... por que... — perguntei, enquanto um nó na garganta impedia que minha voz seguisse de forma linear. — Por que você se escondeu? Por que aqui em cima?

— Eu não me escondi — corrigiu.

Fiquei um pouco chocado com a sua declaração e respondi:

— Por que não ficou comigo, pai? A guerra acabou e você não voltou...

Ele olhou para o céu, agora escuro, e com imensa dor respondeu:

— Christian, prometo que estarei sempre com você. Segurei sua mão desde seu primeiro ano de vida e farei isso até o fim.

Naquele momento tudo parou, morreu e depois renasceu.

Senti tantas sensações diferentes, todas que uma pessoa pode conhecer, mas agora ao mesmo tempo, formigando minha visão. Percebi que estava prestes a desmaiar.

Ele percebeu e, enquanto minhas pálpebras baixavam lentamente, vi seu rosto pela última vez.

— A força do amor é a que vence, e será sempre assim. Eu te amo, Christian.

Então, meus olhos se fecharam e perdi a consciência.

XII

Acordei com o canto dos pássaros e, ao abrir lentamente os olhos, percebi que o dia já estava claro. Joshua estava dormindo na minha barriga e ficou surpreso com aquele despertar, como se fosse cedo demais. Entendi que eu havia dormido diversas horas, sem interrupção, no temido topo daquela montanha.

As lágrimas tinham deixado minha pele amarga e, à minha frente, entre as pedras pontiagudas que me protegiam do vento gelado, só via a corda que tinha me ajudado a subir até o cume. Agora, ela me ajudaria a descer.

Sentindo certa melancolia, prometi a mim mesmo não contar a ninguém o que me havia acontecido naquele dia. A maioria das pessoas acharia que sou louco ao ouvir a minha história.

Daquele momento em diante, eu soube que nunca estaria sozinho.

Procurei em meus bolsos e me dei conta de que não tinha mais nenhuma das mensagens que eu havia recebido.

Só havia comigo a caneta e as folhas de papel em branco dadas por Dante.

Fechei os olhos e me imaginei experimentando a emoção de observar pela primeira vez o que estava ao meu redor.

Olhei para o horizonte, esfregando os olhos e deixando os primeiros raios de sol me tocarem. Peguei Joshua no colo e o beijei.

Eu estava feliz.

Alvorada

Havia tanto tempo te esperava,
você apareceu para mim como água no deserto.
Em um instante seu sol me ofuscou
e com seus rios de energia falou comigo.
As nuvens pararam de sequestrar sua beleza
e deram um novo dia.
Um dia
que você quis dar a mim.

Agradecimentos

Agradeço ao Grupo Mondadori, que sempre consegue fazer com que me sinta em casa. Em especial, um agradecimento ao meu editor e amigo Stefano Peccatori: é sempre bom conversar sentindo o cheiro do papel impresso.

Um sincero agradecimento a Grazia Rusticali e Linda Poncetta: a paixão editorial e a intuição de vocês tornaram este projeto ainda mais significativo.

O maior agradecimento vai para o Papa Francisco, que me honra com a sua preciosa e luminosa proximidade e que foi o primeiro a ler este romance (um teste com um leitor muito exigente!).

O meu grande abraço vai para todos os leitores, aos quais gostaria de agradecer um a um por terem decidido partilhar o caminho de Christian, o seu caminho de revolução interior que espero que se tenha tornado palavra *viva*. Até a mais ínfima semente está pronta para brotar quando menos esperamos: é assim que nascem os gigantescos carvalhos milenares.

Um último agradecimento a todos os gatos do mundo, animais inspiradores que se movem de forma silenciosa, delicada e agressiva, felinos um pouco humanos, com um olhar tão antigo que seduz a eternidade.

**Acreditamos
nos livros**

Este livro foi composto em Calluna Pro e impresso pela Lis Gráfica para a Editora Planeta do Brasil em janeiro de 2024.